書下ろし

夢の女

取次屋栄三⑰

岡本さとる

祥伝社文庫

目次

石原町
永井勘解由邸
大川橋
本所緑町
料理屋「板くら」
不忍池
神田川
本所
回向院
両国橋
柳橋
大傳馬町
旅籠「近江や」
日本橋通南三丁目
松田新兵衛宅
三河町二丁目
鎌倉河岸
両国稲荷
竪川
大川（隅田川）
横川
日本橋
江戸城
呉服町
「田辺屋」
三四の番屋
小名木川
亀島町
八丁堀
南町奉行所
深川
源信寺
永代橋
黒江町
西念寺
八幡橋
本材木町五丁目
「新・岸裏道場」
飯倉神明宮
北
西
東
南

『夢の女』の舞台

京橋界隈
居酒屋「そめじ」
土屋弘庵の医院
弾正橋
京橋川
白魚橋
京橋
中の橋
比丘尼橋
善兵衛長屋
水谷町
栄三郎の「手習い道場」
紀伊国橋
新シ橋
木挽橋
湊稲荷社
西本願寺
住吉大明神
石川島
佃島
鉄砲洲
船松町
十軒町
料理屋「浜乃屋」
二本榎町

地図作成／三潮社

第一章　我が子

一

その便りを受け取った時、秋月栄三郎はこの上もなく嬉しそうな表情となって、

「そうか、うん、そいつはよかった……」

何度も読み返しては、ニヤリと笑った。

文は、東海道平塚宿に住む、東蔵という昔馴染からのものであった。

昨冬に、故郷の大坂へ戻った栄三郎は、文化六年（一八〇九）の正月に江戸へ旅発ち、道中平塚に立ち寄って東蔵と五年ぶりに再会を果した。

かつて剣の師・岸裏伝兵衛が廻国修行に出たことで、剣客として独り立ちをしたもののこの先の生き方に悩み、盛り場で用心棒暮らしを送った栄三郎であった。

相撲崩れで〝喧嘩屋〟の異名をとった東蔵とはその頃知り合った。用心棒仲間として気脈を通じたわけだが、互いに荒んだ暮らしから足を洗い、五年後に成果を確かめ合おうではないかと約束を交わして別れていたのだ。

会ってみると、東蔵は人が変わったように穏やかな男になっていて、旅籠で奉公をしながら、向かいの料理屋で働くおまつという娘を見守っていた。

そして平塚に逗留中、おまつが、宿場のやくざ者から兄貴分の妻にと望まれたのを東蔵は守り、栄三郎はこれを助けた。

東蔵はおまつを旧友の娘だと言ったが、栄三郎は東蔵がかつて捨ててしまった女が産んだ子……、つまり東蔵の娘であることに気付いていた。

宿場を出る折、栄三郎は東蔵にそれを質し、

「ちょいと落ち着いたら話すんだな……」

と、伝えた。

やくざな暮らしを送り、女房と娘を捨てたとはいえ、やくざ者から命懸けで守ってくれた東蔵を、おまつは喜んで許すだろう——。

栄三郎はそう言って、我が子を五年の間見守りながら、父娘の名乗りをあげられなかった東蔵を励ましたのである。

そして、送られてきた文には、その後の東蔵の様子が綴られていた。

まず、栄三郎が言った通り、おまつは子供の頃から亡父の友人で〝やさしい小父さん〟と慕っていた東蔵が本当の父親だと知り、大いに喜んだとあり、次に、父娘は東蔵が奉公していた旅籠の内で暮らし、おまつは旅籠を手伝い、東蔵は新たに宿役人を務めるようになったと記されていた。

その後はあれこれ知恵と力を傾けてくれた栄三郎、又平への感謝の言葉が並び、近々、娘を江戸見物に連れていってやるつもりだと締め括られてあった。

平塚で再会してからまだ三月ほどしか経っていなかっただけに、栄三郎は大いに喜んで江戸に来る折は報せてもらいたいとすぐに返事を認めた。

平塚から江戸は一日あれば着く近さである。

再び東蔵から便りが届き、四月十七日に父娘は江戸に入ったのである。

この日は東照神君家康公の忌日に当たり、町も賑やかではないかとの配慮からであった。

栄三郎と又平は、京橋水谷町の〝手習い道場〟に父娘を迎え、大いにもてなした。

つい先日、三千石の旗本・永井勘解由邸で出稽古を務めた礼金がまだ懐にあり、栄三郎は又平と四人でまず、木挽町の料理屋へ繰り出して初鰹を楽しみ、東蔵、おまつの来着を祝ってやった。

平塚にも相模（さがみ）近海で魚は獲（と）れるが、

「やはり、江戸で食べる初鰹は格別だな……」

東蔵はしみじみと舌鼓（したつづみ）を打ち、かつて江戸で見聞きした様々な風物を、少し得意気におまつに語ったものだ。

それにいちいち大きな相槌（あいづち）を打ち、嬉しそうな目を向けるおまつを見ていると、

「東蔵の兄さん、よかったなあ、こんな好（い）い娘に慕われて、おれも我が子が欲しくなったよ……」

栄三郎の口から、ついこんな言葉も出た。

「栄三（えいざ）の旦那（だんな）も早く女房をもらえばいいよ……」

東蔵は真顔で勧（すす）めた。

朝からは子供達相手に手習い師匠として、それが済んだら、町の物好きに剣術指南をするという〝手習い道場〟を初めて見て、

「いつまでも気儘（きまま）でいたいのかもしれないが、これだけ立派な先生になっているんだ。そろそろ身を固めたって、いいんじゃあないですかねえ……」

東蔵は心から思ったのだ。

又平は傍らで、しかつめらしい表情となって頷く。

東蔵の言うことはまったくもって当を得ていた。

秋月栄三郎も、四十になろうとしている。

四十といえば〝初老〟である。そろそろ嫁に行こうかという娘がいたとて、おかしくない年恰好なのだ。

「確かにそうだが、それを東蔵の兄さんから意見されるとは思わなかったよ。おまつ坊、お前の親父殿は立派だなあ……」

栄三郎は、そのように応えて笑いとばしたが、心に想う女はいれどままならず、胸の内で大きな溜息をついたのである。


東蔵、おまつ父娘は、数日間〝手習い道場〟に滞在した。

二階の物置を改造した拵え場を客間に充てたのだが、おまつは東蔵と江戸見物に出かける前に、栄三郎、又平の分の朝餉を拵えてくれた。

料理屋、旅籠で奉公しているだけに、手際もよく万事気が利いていた。

栄三郎と又平は、交代で父娘を寺社、盛り場、芝居町に案内してやり、夜はおまつのはしゃぐ声に心を和まされ、なかなかに快い日々を送ることが出来たのであった

が、

「栄三の旦那、お千を覚えていますかい」

いよいよ明日、平塚へ帰るという時となって、外出から戻った東蔵が栄三郎にそっと告げた。

「お千？　ああ、料理屋で酌をしていた……」

「そう、そのお千ですよう」

「どこかでばったり会ったのかい？」

「いや、それが死んじまったらしいんですよ」

「死んだ……？」

東蔵はこの日、おまつを連れて鉄砲洲へ出かけた。

ここから見る沖合の風景は、碇泊する大船が見渡せて絶景なのである。

湊稲荷の社へ出た時、うっとりとして海の風景を見つめるおまつから少し離れ、傍らの葭簀掛けの茶屋に腰かける東蔵に、一人の男が声をかけた。

「こりゃあ、東蔵さんじゃあねえですか……」

男は条三といって、かつて柳橋界隈でよたっていたやくざ者の一人であった。

やくざ者といっても、名の通った親分の身内でもなく、賭場や盛り場をうろうろとして、小回りの用を務めて小遣い銭を稼いでいたような小悪党である。

今は見る影もなく瘦せこけてしまっていて、悪の華のかけらもなかった。それだけに、ちょっとは威勢がよかった頃の知り人である東蔵が懐かしかったのかもしれない。

「こいつは久しぶりだねえ……」

今は江戸を離れて堅気の暮らしを送っているのだと東蔵は手短に応えた。

愛娘のおまつが近くにいるのだ。こういう手合とはあまり関わり合いになりたくなかった。

「そいつは何よりだ……」

粂三は羨ましそうに言った。堅気に戻りたくとも今さら戻れない——。

粂三にはそんな苦悩がにじみ出ていた。

そうして、粂三はお千の死を告げたのだ。

お千は、柳橋の料理屋の女中をしていた。女中といっても酌婦のようなもので、その店には他にも数人、色気を売りにした女がいて繁盛していた。

当然、女目当ての客達がいざこざを起こすことも度々で、栄三郎と東蔵は何かというと用心棒として出向いたのだ。

だが、お千は二年足らずで店を辞めて、柳橋界隈からいなくなったので、東蔵にとっては、

「そういえば、そんな女もいた」

くらいの関わりであった。

方々盛り場をうろついて生きてきた粂三は、お千とは昔馴染であった。近頃、高輪車町の料理屋で女中をしていると噂を聞いて、訪ねてみたところ、つい先日死んでしまったと店の者に報されたのだという。

風邪をこじらせたかと思ったら、呆気なく逝ってしまったらしい。

「殺されたって死なねえような女だったが、人はわからねえものだなあ」

東蔵は栄三郎の前で嘆息した。

「江戸に久しぶりに戻った折に知ったんだ。これも何かの縁だから、回向をしに行ってやろうかとも思ったんだが、どうも気が引けてなあ……」

「わざわざ行くまでもないさ。それほどの付合いでもなかったんだし、せっかく娘と江戸見物に来ているんだ。面倒は避けた方がいい」

お千は気の好い女であったが、男出入りも多く、素行が悪かった。今では平塚の宿役人として、すっかり昔の喧嘩屋から足を洗った東蔵が顔など出す必要はないのだ

と、栄三郎は告げた。

「うむ、旦那の言う通りだねえ……」

東蔵は栄三郎の言葉にほっとしたようだ。

お千を古くから知っているという粂三も、

「おれも他人のことに構っていられる身分でもねえんで……」

と、そそくさと去っていったというし、明日は早朝から平塚へ発たねばならない東蔵であった。しばしの名残を惜しまんと、今宵は栄三郎が行きつけの、京橋袂にある居酒屋〝そめじ〟で、小宴を開く予定を組んでいたのだ。

「いや、旦那のお蔭で、おまつと楽しい江戸見物ができた。恩に着ますよ……」

〝そめじ〟で盃を交わすと、東蔵は感激に、すっかりと粂三に会ったことなど忘れた様子で、心地よく酔った。

「今度はまた、おれと又平とで平塚に行くよ」

栄三郎も別れを惜しんだが、東蔵には、

「わざわざ行くまでもないさ」

と、お千のことは放っておけばいいと言ったものの、心の内では女の死が気になっていた。

実は栄三郎、一度だけお千と情を通じていた昔があったのだ。

それはまだ栄三郎が、岸裏伝兵衛の内弟子であった頃。

伝兵衛が旅に出た隙を狙っては遊びに出ていた栄三郎は、回向院門前の居酒屋によく通った。

そこで女中をしていたのがお千で、顔馴染になるうちにある夜彼女の住処に誘われた。

その住処は、居酒屋の裏手に建つ物置小屋で、二階部分がお千の寝床になっていた。

若かった栄三郎には、女の甘い誘いを断って道場へ戻れるほどの分別がなかった。

ちょうど己が剣の先行きに悩みを抱えている頃で、酒の酔いも手伝って、束の間お千の体に埋没してしまったのだ。

とはいえ、岸裏道場での内弟子暮らしであるから、お千の許に足繁く通うほど、金も暇もない。

お千とて悪戯に自分を誘ったのはわかっている。

つい女の誘いに乗ってしまう調子のよさは悪い癖だが、女の色香に迷い夢中になってしまうほど、栄三郎は世間知らずではなかった。

お千は色白で、下ぶくれの顔には得も言われぬ愛嬌が漂い、明るさと気だるさがほどよく交じり合う、いかにも男好きのする女であった。

それでも、栄三郎の目には危うさが映り、深入りはしたくなかったのだ。

それからはまた岸裏道場に籠り、内弟子として慌しく暮らすうちに、お千は回向院前から姿を消した。

理由はよくわからなかったが、男絡みでいられなくなったのではないかと噂されていた。

これでよかったのだと胸を撫で下ろしたと同時に、情を交わした一時の思い出が、淡いときめきとなって栄三郎の胸の内をくすぐったのも事実であった。

やがて、栄三郎は師と離れ、柳橋界隈で用心棒暮らしを送ることになるのだが、奇しくもここでお千と再会する。

お千もまた、色々あってこの地に流れて来たようだ。

「こんなところで、また会うとはね……」

お千は、ちょっと恥ずかしそうに耳許で囁いた。

あの時よりさらに成熟した色香が匂うように漂っていたが、栄三郎はそれに迷うことはなかった。

用心棒が、守ってやるべき女と懇ろになるものではないという信念と、剣客を目指した身が、用心棒となり酌婦と情を通じるのは余りにも情けないと思えたのだ。

さらに、それから品川の妓楼で一夜を馴染んだ、お初という女への忘れられぬ想いが栄三郎の体の中に残っていた。

その女が、永井家三千石の養嗣子、永井房之助の姉にして、当家奥向きの老女を務める萩江であることは言うまでもない。

そして、萩江の存在が、お千を過去の思い出とさせていたのだが、死んだと言われると切なさがよぎる。

柳橋での再会後は、ほとんど言葉も交わさなかったままに、お千とは二度の別れとなった。

柳橋からも、二年足らずでお千は姿を消したのだ。この時も、男絡みであろうと人は噂をした。

栄三郎と柳橋で再会した後も、酌婦のお千に男出入りは絶えなかっただろうし、さのみ気にもならなかったのだが、そこは秋月栄三郎のやさしいところである。

あれから自分は、〝取次屋の旦那〟と〝手習い師匠〟〝やっとうの先生〟として、気儘に、幸せに生きてこられた。

——お千はどうだったのであろう。

ただ一度だけ、しかも酔った勢いで誘われた浮気な女であっても、自分と関わりのあった女ではないか。死んだとなれば、花のひとつも手向けてやりたくなる。

翌朝。

平塚へ旅発つ東蔵、おまつを、栄三郎は高輪の大木戸まで見送った。

「そこまでしてもらわなくてもいいですよう」

東蔵は恐縮したが、栄三郎は同道した。

ちょうどその日は手習いが休みであったこともあるが、東蔵が聞きつけたという、お千が働いていた店が、大木戸近くにあったからだ。

問えばお千の住まいくらいはわかるであろう。後を弔う者がいれば、香料のひとつ置いて帰ろうと思ったのだ。

二

大木戸で東蔵、おまつ父娘と別れた栄三郎は、粂三が東蔵に告げたという料理屋〝浜乃屋〟を尋ね歩いた。

この辺りは〝うし町〟と呼ばれ、牛持人足が多く住んでいる。
お千がいたとなると、荒くれの牛持人足なんかを相手にする賑やかな店であったはずだ。

通りすがりの牛持人足を捉えて訊ねてみると、案に違わず連中はよく知っていた。
光雲寺の門前にある、赤い暖簾が目立つ店だという。

行ってみるとなるほど、一際赤暖簾が目立つ料理屋があり、軒行燈に〝浜乃屋〟と標されていた。

居酒屋よりは趣があるものの、けばけばしく猥雑な風情が漂う店である。
お千は相変わらずこの店で、厚化粧に派手な着物を身にまとい、酔客を惹き付けあしらいつつ、日々祝儀にありついていたのであろう。

とはいえ、もう三十二、三になっていたはずだ。それなりに男を手玉に取って、金も貯め込んでいたはずなのに、小商いのひとつ出来ずに、酒場の暮らしから抜け出せなかったのかと思うと、胸が痛かった。

店の前では、四十絡みの瘦せぎすの男衆が、寝惚け顔で箒を手に掃除をしていた。

「ちと訊ねたいのだが……」

栄三郎は声をかけた。

「へえ……何でございましょう」

男は目をこすりつつ小腰を折った。

この日の栄三郎は、白い袷を着流しにして、両刀を帯びていた。くだけた姿ではあるが、四十を目前に身についてきた風格が、男に何者かと思わせたようだ。

「ここにお千という女がいて、先だって亡くなったと聞いたのだが……」

「へい、左様でございますが、旦那様はいってえ……」

「存じよりの者でな。ちょうど近くを通りかかったゆえ、参ってやりたいと思うたのだが、この店の他はどこに住んでいるのかも知らいでのう」

「そいつはよく訪ねてやってくださいましたねえ。これも何かのお引き合わせでございましょう。ちょうど今、墓所に葬っているところでしてねえ」

男はそれで留守を託されているのだという。

「旦那様みてえな立派な人が参ってくだされば、仏も喜びましょう。そこまでご案内させていただきます」

男は、少し怪しげな料理屋の男衆に似合わぬ人のよさで、留守を一時投げ出して、栄三郎を墓所に連れていってくれた。

今しも埋葬し終えたところに顔を出すのは気が引けたが、このように言われると、そのまま帰るわけにもいかなくなり、栄三郎は黙って男についていった。

考えてみれば、お千に彼女の後生を願い、仏壇に祀るような身内がいるわけでもないだろうから、この機に墓所を訪ね手を合わせておけば気が済むと思ったのだ。

墓所は光雲寺裏手の、人寂しい繁みの中にあった。男女が数人、卒塔婆の前にいる。

それがお千の墓らしい。

「すまなんだな」

栄三郎は、男に心付けを握らせて帰すと、しばしその場に佇んだ。

見廻すと、崩れかけた墓碑や朽ち果てた卒塔婆が点在する心悲しい墓所であるが、辺り一帯は小高くて、芝浜の海が見渡せた。

――悪いところではない。

そういえばお千は、海が好きだと言っていたような気がする。

僧の読経が済んだのか、卒塔婆の前には、白粉焼けにやつれた女が三人に、五十絡みの男が一人――。酌婦仲間と〝浜乃屋〟の主であると思われるが、深刻な表情で何やら語り合っている。

さらに目をやると、大人の間に十歳ばかりの童女がいて、栄三郎に人懐っこい笑顔を向けてきた。

大人達も栄三郎に気付き、

「もし、旦那さんは、お千の存じよりのお方でございますか……？」

五十絡みの男が声をかけてきた。

そっと一人で参ろうとも思ったが、こう言われては、そうもなるまい。

「いかにも。空しゅうなったと人伝に聞いて、な……」

栄三郎は、手短にここへ来た経緯を話した。

「左様でございましたか。それはまた、嬉しいことでございます。手前は、〝浜乃屋〟の主で八五郎、これは店の女共でございます」

大人達は恭しく頭を下げた。いかがわしい連中かと思ったが、先ほどの男衆と同じく一様に人のよさが滲み出ている。

「それから、この子はお千の娘で……」

「えいです！」

童女は元気に言った。

「娘？　おえい……？　お千にこんな娘がいたのか……」

意外な子供の存在に栄三郎は目を丸くした。

となると、柳橋で再会した時、お千には既にこのおえいという娘がいたことになる。

「これは驚いた。わたしは柳橋にいた頃に、よくお千のいる店に出入りしていたものだが、娘がいるとは知らなんだ」

栄三郎は、回向院前で知り合ったことは言わず、方便のために柳橋の盛り場で用心棒をしていたことがあり、その時にお千がいた店に世話になったのだと伝えた。

「酔った客を相手にする仕事でございますから、子供がいることは伏せていたのでしょう。うちの店でも、この子を知っている者は手前共四人だけでございます」

八五郎は苦笑いを浮かべた。

「なるほど。うむ、よくわかる。だが、まだ幼い子供を残して死んでしまったとは、さぞ心残りであったろうな……」

栄三郎はしんみりとして言った。

柳橋から二年足らずでいなくなったのは、客の男達に子供がいると気付かれたからかもしれないと思えたのだ。

——となれば、いったい誰の子なのであろう。

それに想いが巡った時、

「だんなさんは、秋月栄三郎というお人じゃあないんですか」

おえいが出し抜けに大人びた口調で言った。

八五郎と女達は、驚いておえいを見た。

再び目を丸くして、まじまじとおえいを見る栄三郎の様子に、おえいが見事に言い当てたと確信したからだ。

「やはりそうだ……」

おえいは得意満面(とくいまんめん)となった。

「おっ母(か)さん、よくだんなさんの話を聞かせてくれたから、あたしにはすぐわかったわ」

おえいの言葉に、八五郎と女達の表情に安堵(あんど)の色が出た。

栄三郎にとっては、それが何やらとても不吉なものに見えた。

――ここへは来ない方がよかったかもしれぬな。

そんな不安が頭をよぎったのだ。

「無躾(ぶしつけ)ではございますが、秋月様は、今どのようなお暮らしをなされておいでございましょうか」

先ほどここへ案内してくれた男衆と同じく、八五郎もまた、栄三郎の人となり、物

腰を見て、

「さぞ立派なお方に違いない」

と思ったようだ。

名を知られた以上、嘘をつくわけにもいくまい。母親から噂話を聞かされていた男と出会った感激を、幼いおえいは抱いているのだ。

場末の酒場で酌婦をしていた母親ではあるが、中にはまともな知り人もいたのだと思わせてやりたくもなる。そこが秋月栄三郎のやさしさであり、弱みであった。

「剣客の道を諦め、用心棒などしていた頃もあったが、今は何とか手習い師匠を務めながら、気楽流の剣術指南などもして暮らしている……」

と、威厳を込めて応えてやった。

何か願いごとをされるのではないかと、薄々察しつつ――。

思った通り、おえいは目を輝かせて、母の死という悲しみを忘れたかのような笑顔を見せた。

それと共に、

「秋月様のお人柄を承りまして、ひとつお願いがございます……」

八五郎が縋ってきた。

「この娘を少しの間だけ、お預かり願えませんか」

――なるほど、そうきたか。

面倒な話になったと心の内で嘆きつつ、

「この子を預かれとな……」

栄三郎は穏やかに問うた。

八五郎の話によると、お千は貧しい鋳掛屋の子に生まれ、十五の時に左官職の女房になったが、良人は女を拵えて家を出て、そこから酒場の女中として働き、酌婦として浮名を流すようになったという。

女房に望む男もいたが、男達の間を渡り歩く暮らしが、性に合っていたのか、身を固めようともせず勝手気儘に日々を送った。

母親はお千を産んですぐに病死して、お千の荒んだ暮らしを嘆いた父親も、お千が二十歳の時に死んでしまった。

一人だけ伊太郎という兄がいたが、これもお千が十二の時に、ぐれて家を出ていったのだが、近頃この伊太郎が、武州川越で茶屋の主人に納まっていることが知れた。

鰻や泥鰌料理も食べられる、なかなか大きな店だという。

やくざな暮らしから足を洗い、人の紹介で船宿に奉公に出て、やがて常連客に気に入られ茶屋を任されるようになったのだ。

そうなると、盛り場で暮らす妹のことが気になる。それで以前に一度消息を求め〝浜乃屋〟にお千を訪ねてきて、おえいを連れて川越へ来るように勧めた。

ところが、川越くんだりまで行くのは嫌だというお千は、たちまち伊太郎と喧嘩になり、

「勝手にしろ！」

とばかり、この兄はすぐに川越へ戻ってしまった。

ただその折、

「おえいだけはきっちりと育ててやりたい」

と、八五郎に伝えていたというから、この伊太郎にお千の死を知らせれば、きっとおえいを迎えに来てくれるはずだと八五郎は目星をつけていたのだ。

「とは申しましても、その間、この子を一人にしておくわけにも参りません……」

お千には他に身寄がないし、数少ないお千の友人である〝浜乃屋〟の女達は、いずれもお千と同じで色気を売る身。子供を預かってやることなど出来ない。

店で預かってやるにも、連日のごとく乱痴気騒ぎに時を過ごす店である。八五郎に女房はなく、ここで無垢な子供の面倒など見ていられないと言う。

「そこへいくと秋月様は手習いのお師匠で、やっとうの先生だ。このようなお方の許へお預けするなら安心だ。先生に子守りをしろとは申しません。どこか先生の息がかかったところに置いてやってくだされればよろしゅうございます。あっしも、お千には稼いでもらったものですから、その間の入用は何とでもさせていただきますから、ひとつお願いできませんかねえ……」

八五郎は言葉に力を込めた。

言っていることは的を射ている。お千の娘が邪魔で押しつけようとしているわけではないのもよくわかった。

お千は日頃、おえいを仕事仲間には極力会わせなかったのであろう。それゆえ、ここにいる大人四人も、見るからに大人びていて口が達者なおえいを、どう扱ってよいのかわからないのだ。

おえいは秋月栄三郎の名をお千から聞かされていて、その噂の男がお千の墓に参りに来てくれたのであるから、もうすっかりと栄三郎に懐いている風に見える。

しかし、本当に伊太郎という兄は、おえいを迎えに来るのであろうか。その不安は消えないが、栄三郎は、その願いを断らずに、

「まず、お千の墓に参らせてもらいましょう……」

卒塔婆に手を合わせた。

「ああ、これは申し訳ございません」

八五郎は、秋月栄三郎の登場につい興奮してべらべらと喋ってしまったと詫びた。

――お千、もう死んじまったのかよ。お前はまったく間抜けだなあ、こんな子供を残してよう。いったい誰の子なんだい。父無し子をそっと育てるのもお前らしいが、お前に惚れちまった男達は、さぞやきもきしているだろうよ。お前は、好い女だったからな。

手を合わせると、こんな言葉が栄三郎の胸の内に湧いてきた。

お千と関わったあの日々は、栄三郎にとって恥ずかしき日々であり、悩みに包まれた青き思い出の日々であった。

恋しさは残っていないが、懐かしさが胸を突く。

手を合わせるうちに、栄三郎の肚は決まってきた。

――心配するな。お前の娘はどうやらおれを気に入ったようだから、ちょっとの間、おれが面倒を見てやるよ。言っておくが、今のおれは窮屈な内弟子でも、用心棒みたいな荒んだ剣客崩れでもねえんだぞ。

ふと見ると、今にも踊り出しそうに浮かれているおえいの笑顔が、栄三郎の双眸に飛び込んできた。

三

「おっ母さんは苦しんだのかい」

「そんなことはなかった。かぜをひいたようだと言って横になって、そのまま眠るように死んじゃったから」

「お前は泣かねえんだな。大したもんだ」

「畳の上で死ねただけでも幸せってもんだよ。おっ母さんを殺してやりたいと思ってた小父さんはたんといたからね」

「ませた口を利くんじゃあねえよ……」

栄三郎は、そのままおえいを連れて帰った。

――これも何かの縁だ。

などとすぐに思ってしまう自分の人のよさを笑いつつ、ひとまず〝手習い道場〟で面倒を見てやることにした。

お千とおえいは、二本榎町の小さな仕舞屋に住んでいたのだが、このところお千は店賃を払っておらず、その死と共に、家主は立ち退きを迫ってきたという。

そこは八五郎が収めたものの、幼気ないおえいをいつまでも放っておけない。栄三郎にはそういう窮状が痛いほどわかるゆえに、義俠の精神を発揮したのだ。

二人になると、おえいは道中、よく喋った。栄三郎が舌を巻くほど、この子供は世情に敏く、話し口調もしっかりとしている。

栄三郎には幸いであった。お千については知らないことも多く、道すがら聞いておきたかったのだが、湿っぽくなるのは勘弁してもらいたかった。

「それにしても、お前に名を呼ばれた時は驚いたよ」

「おっ母さん、ほんとうによくだんなさんの話をしていたから。あの人だけは実のある男だったって」

「実があるというほどのもんじゃあないよ。他の男達がいい加減だったんだろう……」

言ってから栄三郎は、いらぬことを口にしたと、決まりの悪い表情を浮かべたが、おえいはまるで気にする様子はなく、

「そんなことありませんよ。〝浜乃屋〟の小父さんも、だんなさんが見るからに実のあるお人だと思ったから、いきなりあたしを預かってくれと頼んだんですよ。そした

らこうして連れてかえってくれた。だんなさんに会えてよかったわ」

と、まるで屈託がない。

「お前はしっかり者だな」

「そりゃあしっかりしますよ。ただひとりの親があれだからね」

「そんな風に言うなと言っているだろう。お前をここまで育ててくれたんだから」

「やっぱり、だんなさんは実がある」

「だんなさん、というのはよしにしろ」

「そんなら何て呼べばいい？」

「そうだなあ……」

「お父っさん、て呼びたいな」

おえいは栄三郎を見上げて言った。

「おいおい、滅多なことを言うんじゃあないよう」

「だって、あたしはそうだと思っているもの」

「何だと？」

「あたしは十だよ。覚えがあるんじゃあないですかねえ」

ニヤリと笑うおえいを見て、栄三郎は凍りついた。

おえいの存在を知った瞬間から、いったい誰の子であろうかと思ったが、心の奥底に何とはなしに引っかかるものがあったのは事実である。

柳橋の頃は情を交わしたことはなかった。だが、回向院門前で知り合い、お千に誘われるがまま情を交わしたあの日から数えると、確かに辻褄は合っている。そして、この頃にお千に出会っていたことは、〝浜乃屋〟の八五郎に語らずにいたのだが、おえいはどうやら知っているようだ。

「おいおい、からかうんじゃあねえよ」

栄三郎はとりあえず、こんな言葉を返して様子を見た。お千がまだ子供のおえいにどこまで話しているのか、それとなく聞き出そうとしたのだ。

「からかってなんかいませんよ。おっ母さんは、あたしが生まれる前に、秋月栄三郎というお人に出会って好きになったって言ってたもの……」

「そんなことを、お千が……」

「うん……」

おえいは、うっとりとした顔で頷いた。

「まあ、お前のおっ母さんと仲がよかったのは確かだ……」

栄三郎はしどろもどろになった。

そんなはずはない。お前のおっ母さんとは一度きりの仲で、その頃、おれの他にも男は何人もいたはずだ——。

十の娘に、そんなことは言えない。

「だがな、だからってお前が、おれの娘だということにはならないんだよ」

栄三郎は言葉を探して、やっとのことで応えた。

「でも、何が何でもあたしが娘でないとも言えないでしょう」

おえいはまたニヤリと笑った。

恐ろしい子供である。核心はつかないが、母親を抱いたことがあるはずだと、暗に匂わせてくるような口ぶりだ。

その核心をつかれると、確かにそうではないと言い切れぬ弱みがある。

「おっ母さんは、秋月栄三郎がお前のお父っさんだと言ったのかい」

栄三郎は、十の子供でも、このおえいは別だと思い直して、はっきり問うた。

「そんなことをあたしに言うような女だと思う？」

「思わない」

「ふふふ。だからあたしがそう思っているだけですよ。思うくらいいいでしょ」

「それはまあ……」

「よかった。あたし、お墓で会った時から、このだんなさんが、あたしのお父っさんだったらいいのにな、と思ったの。そんなことは今までなかったのに」

今度はおえい、哀(かな)しそうな顔をする。

こうなると、栄三郎は何も言えなくなる。

おえいは子供なりに、男出入りが多かった母親の状況を理解して、自分の父親が誰なのかわからぬままに過ごしてきたのであろう。

その母親にも死に別れ、今しがた埋葬を済ませたところなのだ。悲しみと不安はいかばかりかと思われる。

そこへ現れたのが、母親から〝実のある男〟であったと聞かされていた秋月栄三郎であったのだ。

しっかりしていてもまだ十の子供なのだから、この人が自分の父親であったらいいのにと思うのも無理はないだろう。

「そうだな。おれをお父っさんと思うのは、おえいの好きにすればいいことだな。だが、お前がいきなりおれのことをお父っさんと言えば、みんなはびっくりするから、とりあえず今は、そうだな、うちは手習い所だから、〝お師匠〟とか〝先生〟なんて呼んでおくれな」

栄三郎は諭すように言った。

「先生か……」

おえいの顔がたちまち明るくなった。

「先生なんて、あんまり呼んだことがなかったのかい」

おえいはこっくりと頷いた。

お千は、おえいを手習いに行かさず、浪人の妻に幾ばくかの金を渡して、娘を預けがてら読み書きを習わせていたようだ。

その辺りの手習い所に行けば、母親のお千は目立つことになろう。そうすれば、自分に子がいるのを酒場に来る男達に知られてしまう危険が増す。

また、おえいが母親のことで苛められてもいけないと考えたのだろう。

浪人の妻女にとっては好い内職にもなり、住処を変える度に、お千は適当な相手を探したのだが、〝小母さん〟〝ごしんぞうさん〟などと呼んでいたので、おえいにとっては先生という響きは新鮮であるようだ。

「そんなら先生、よろしくおたのみ申します」

おえいは〝手習い道場〟に着くと、物珍しそうに中を覗いて、恭しく頭を下げた。

この娘は、言葉の使い分けから、人の顔色の読み方まで、大人以上に心得ているようである。

東蔵とおまつ父娘を送りに出たと思ったら、十の娘を連れて帰ってきた栄三郎に、又平は目を丸くしたが、元より捨て子で天涯孤独の又平は、話を聞くやおえいを不憫がり、

「そうかい、そいつは大変だったねえ。まあ、楽にしてくんな。お前は目端が利くようだから、あれこれとおれを助けてくんな」

と、やさしく迎え入れた。

又平は手習い道場の番人として、長くここにいるから、子供の扱いがうまかった。

おえいは又平を、

「又兄さん」

と呼んで慕って、手習い所の雑用から、朝夕の食事の支度にいたるまで、妹分となって手伝った。

又平はすっかりと気に入ってしまって、

「旦那、そのうちに、お千というおっ母さんの兄さんが迎えに来るって話ですが、このままここで引き取ったっておもしろそうですぜ」

などと言い出した。

万事につけて物事に対する勘がいいから、栄三郎の剣の弟子で、今は剣友・松田新兵衛の妻となった、富商田辺屋宗右衛門の娘・お咲ほどの剣の遣い手になるかもしれないと言うのだ。

「お前の言うことはよくわかるがな。おれはちょいと引っかかることがあってな……」

栄三郎は迷ったが、又平には何ごとも打ち明けておこうと、おえいが自分を父親ではないかと思っている節があり、それが満更ありえない話でもないのだと耳打ちした。

又平は少し感じ入って、

「そいつはまた気になりますねえ。だが旦那、お千さんは死んじまって、あの子が誰の子か、本当のところは藪の中なんでござんしょう。あの子がかわいくなったら我が子だと思えばいいし、気に入らなけりゃあ他人の子だと思えばいいんですよう」

その上で、伊太郎というお千の兄に引き渡すもよし、自分の目の届くところに置いて育ててやってもいいではないかと又平は言った。

「そんなものかな」

　又平は、赤の他人に見世物小屋で大きくしてもらったから、人がいかに生まれ育っていくかの因縁にこだわらぬ超越した考えを持っている。

　つまるところ、誰の子でもいいではないかというのだ。

　話していると気が楽になり、

「お前の言う通りだ。伊太郎っていう伯父（おじ）がいつ迎えに来るか知れねえが、とにかくよろしく頼むぜ」

　今日ほど又平が頼りに思えたことはなかった。

　それからおえいは、朝と昼間は手習い子となって、

「先生……！」

　と、栄三郎を慕いつつ、日頃は又平の乾分（こぶん）を気取って、〝手習い道場〟の切り盛りを手伝い生き生きとして暮らした。

　その間、〝浜乃屋〟からは遣いが来た。川越の伊太郎には便りを送っているので、返事が来るまでしばらくこのまま待ってもらいたいとのことであった。

　おえいはというと、自分が川越に行く運命にあると知ってか知らずか、お千の陰に隠れた暮らしから解放されて、実に楽しそうにしていた。

だが、世間がおえいを見る目は好奇に溢れていて、なかなかそっと見守ってはくれなかったのである。

四

おえいが〝手習い道場〟に暮らすようになって、水谷町の連中は、

「栄三の旦那が義理絡みで、しばらく預かることになったそうだが、いってえどんな義理なのかねえ」

と、噂し合うようになった。

ましてやおえいが、水を得た魚のように伸び伸びと暮らす様子を見ると、余ほど親しい間柄のようだと思えたから尚さらであった。

手習い子達もまた、俄に手習い所に現れ、我らが手習い師匠・秋月栄三郎に馴れ馴れしくしているおえいが目についた。

裏手の善兵衛長屋の住人の倅で、今や年長となった太吉と三吉はおもしろくなかった。

おえいが自分達を子供扱いするからだ。

大人の中で暮らし、世の裏表に触れて苦労してきたおえいにとっては、走り回ることしか楽しみを知らない彼らは、正しく幼稚な子供でしかなかった。その想いがつい、

「ちょいと、静かにしておくれよ」

「そんなことしてたらおっ母さんに叱られるよ」

などという小言となって口をつく。

「あの新入り、でけえ面ァしやがって」

自然と太吉、三吉も、おえいに対して不平が出る。

「二親に死に別れてよう、おえいも辛い想いをしているんだ。勘弁してやってくれ」

そんな風に、又平が庇うのも気に入らなくなってくる。

「おい、お前はいってえ何者なんだよう」

「偉そうな口を利きやがって……」

ある日、太吉、三吉はおえいに詰め寄った。

気転の利くおえいのことだ。ここはうまく言い逃れておけばよいものを、

「何者だって？　あたしは先生の娘だよ」

口惜しさに、つい口走ってしまった。

太吉、三吉はあまりの衝撃に返す言葉が出てこず、それが悔しくて、おえいの言葉を親に言いつけたから大変なことになった。

「栄三の旦那に隠し子がいた！」

という噂がたちまち広がり、事態を重く見た大家の善兵衛が、栄三郎を訪ねて来て、

「先生に、子供の一人や二人いたとて何もおかしくはございません。ですが、そうならそうとはっきりさせてくださらないと、我々もあの子とどう向き合ってよいやらわかりません……」

などと近隣住民の総意を伝える騒ぎとなった。栄三郎はおえいから早速事情を聞いて、

「大家殿、馬鹿なことを言うではない……。あれは、おえいが太吉と三吉に詰られたので口惜し紛れに言った嘘だよ。本気にすることがあるか」

と、その場は言い繕った。

おえいもさすがにまずかったと思ったか、栄三郎の傍へ来て、

「あれはあたしも頭にきて、二人をからかってやろうと言ったことでした……」

と、善兵衛に頭を下げたので、とりあえずその場は収まったが、長屋の連中達はす

っきりとしなかった。

「言ったはずだぞ。お前がおれを父親だと思うのは勝手だが、いきなり言ったら皆がびっくりするってな」

栄三郎に叱られて、

「こんな大ごとになるとは思わなかったんだもの……」

おえいはべそをかいた。

大人びていたとてそこは子供である。前後の見境がつかなくなることとてあろう。知らぬところに来て、他の子供にきつく言われたら、あんな言葉でしか対抗出来なかったのだ。

そのように思うと、

「もうちょっと、気をつけてやればよかった」

栄三郎にも自戒の念が込み上げてくる。

又平も、栄三郎と同じ気持ちになっていたようで、

「あっしがついていながら、面目ねえ……」

と、栄三郎に詫びた。

他人に構ってもらったことのないおえいは、又平の気遣いが嬉しくて母親譲りの色

白で下ぶくれの顔を真っ赤にした。

こうしていると栄三郎も、おえいがかわいくなってきて、

「まあいいや、何かうめえ物でも食いに行くか」

と、すぐに笑顔となり、居酒屋〝そめじ〟へ三人で出かけた。

相変わらず〝そめじ〟の女将（おかみ）・お染（そめ）といがみ合いが続いている又平は、好い顔をしなかったが、おえいの噂はもうお染の耳にも入っているだろう。

「どうして連れてこないんだい」

そのうちに文句を言われるのは目に見えていた。

「まあ、一度顔を出しておこうじゃねえか」

となったのだが、これがいけなかった。

暖簾を潜（くぐ）るや、

「あらいらっしゃい。今日はかわいらしいのが一緒かい。馬鹿もいるけど」

「誰が馬鹿だ、この男（おとこ）女（おんな）が」

三人を明るく迎えて、又平と口喧嘩を始めたお染を、初めのうちは、

「おもしろい小母さん」

と見て、おとなしく笑っていたおえいであった。

しかし、お染の又平への口撃が増すと、兄貴分と慕う又平に味方をしたくなってきたのか、

「あんたも馬鹿が移らないように気をつけた方がいいよ」

などと言われても、ぶすりと押し黙るようになってきた。

お染はというと、慌しく店を切り盛りしているので、おえいの変化などに気付く余裕もなく、そろそろ場も和んだと思ったのか、

「ところで栄三さん、この子かい、噂の隠し子というのは」

と、栄三郎達が陣取るいつもの小上がりにやって来て、冷やかすように言った。

又平を馬鹿にするだけでなく、心の父である栄三郎に馴れ馴れしくよりそうお染は、ここにいたっておえいの敵となった。

「小母さん、今は又兄さんとお父っさんとで内わの話をしているんだ。ちょいと外してくんないかい？」

おえいはさらりと言ってのけた。きっとお千がおえいと母娘水いらずでいる折、寄って来る男達をこんな台詞（せりふ）で追い払ったのであろう。十の子供とは思えない落ち着き払った口調であった。

「ああそうかい……」

男勝りのお染も、子供相手にはむきにもなれず、

「そいつは悪かったね。ゆっくりお父っさんとお話ししておくれな」

声高(こわだか)に言い捨て、後は無言で料理を運ぶのに徹した。

「おい、おえい、あの小母さんをからかうのはよせ、ここは付けが利く店なんだよ……」

横で又平が、溜飲(りゅういん)を下げて笑っているので、叱ることも出来ず、栄三郎は苦笑いを浮かべたまま、そら豆や泥鰌を豆腐(とうふ)と煮(に)た一品などをそそくさと平らげ、逃げるように店を出たのだ。

「おえい、よく言ってやったな」

帰り道で、又平はおえいの小さな肩をぽんと叩(たた)いて笑い合い、

「旦那、気にすることはありませんよう、こんなものは子供の戯(ざ)れ言(ごと)だと笑いとばせばいいんですよう」

と、したり顔であったが、〝そめじ〟には他にも見知った客が来ていて、

「やはり、あの娘は栄三の旦那の娘かもしれねえな」

「旦那はよく言ってたじゃあねえか。昔はよく剣術の先生の目を盗んで遊びに行ったと」

「その頃に懇ろになった女がいたんだろうよ」

「考えてもみろ、おえいって名は、栄三郎から取ったのに違えねえや」

この日を境に、栄三郎の隠し子騒動はさらに広まった。

困ったことになったと溜息をつきながらも、

「先生、許しておくれよ。もうあんなことは二度と言わないから……」

おえいに手を合わされると、やはり〝そめじ〟に連れていったのが間違いだったと思うしかなかった。

——まあ、そのうち川越から迎えが来れば、自ずと収まるだろう。

栄三郎は開き直って、おえいのことを訊かれると、

「さあ、どうだろうねえ……」

ニヤリと笑ってみせて、いつもの調子で人を煙に巻いた。その上で、岸裏道場と呉服町の田辺屋を訪ね、おえいの身上を語り、

「わたしを父親と思っていいかと言うので、不憫になって、思うようにさせているというわけなのですよ」

師・岸裏伝兵衛、剣友・松田新兵衛、善兵衛長屋と手習い道場の地主である田辺屋宗右衛門にだけは、そのように伝えておいた。

この辺りを押さえておけば、やがて隠し子騒動も笑い話として終結するであろう。

しかし噂というものは恐ろしいもので、栄三郎の意に反し、おえいのことは永井家奥向きの老女・萩江の耳にまで届いてしまった。

永井家奥向きの武芸指南を務める秋月栄三郎の許には、時折進物が届く。

その役目は、萩江が重用している侍女・おかるが務めている。おかるはかつて、永井家の知行所で名主の女中として奉公していた。ところが知行所で密かに行なわれていた不正を知り、江戸の永井邸にこれを報せに駆けた。

ちょうどその折旅の道中におかると知り合った又平と駒吉が、彼女を助け、おかるは無事屋敷に入り、以後は永井家の奥向きに奉公することになった。

それゆえ、おかるは又平と顔見知りで、この役目にはうってつけであったのだが、手習い道場裏手の善兵衛長屋には駒吉が住んでいるから、長屋の住人ともいつしか顔馴染になっていた。

この度は珍しい酒が入ったので届けるよう命じられ、老僕を伴い訪ねてみれば、見馴れぬ子供がいた。

手習い所のことである。子供がいるのは珍しくなかろうと引き上げたのだが、外へ出たところで手習い子の太吉の母親・おしまと会い、世間話をするうちにおえいの噂を聞きつけたのだ。

おかるは、萩江がかつてお初という名の遊女で、栄三郎と一夜を馴染み惹かれ合った過去があるのを知らない。しかし、萩江が栄三郎に武芸指南とは別に、特別な想いを抱いているのではないかと察していた。

それゆえ随分と逡巡したものの、屋敷へ戻ってからあれこれと秋月栄三郎の様子について問われ、つい噂を話してしまったのである。

栄三郎もまた胸騒ぎがして、誰かおかると会っておえいの噂話などしなかったか駒吉に問い合わせたところ、おしまがぽろりと話してしまったようだと聞いて歯嚙みした。

何という間の悪さであろうか。

余人ならば、何と思われようと、又平が言うように放っておけばよいであろうが、萩江にだけはあれこれと自分の過去を詮索されたくはない。

栄三郎は慌てて又平を遣いにやり、奥向きの武芸指南の日を早めてもらった。一刻も早く萩江の様子を見て、耳に入っているようならば、弁明しておきたかったのだ。

おえいを預かってから五日目。未だ川越の伯父・伊太郎からの返事が届かない中、栄三郎は出稽古に赴いた。

奥向きの武芸場を束ねる萩江は、栄三郎を見るや、意味ありげににこりと笑った。栄三郎はこれに会釈を返して稽古をしに来ているおかるに目を遣ると、どうもその目の動きに落ち着きがない。

――これはもう知れているな。

稽古を終えると、萩江に講評を伝える。この一時が二人だけであれこれ語らう楽しみになっているのだが、案の定彼女は声を潜めて、

「先生に、別れてお過ごしになっていた御子がいたとお聞きしましたが……」

おえいの話を持ち出してきた。

「いえ、そうではないのです……」

栄三郎は、かすかに残る我が子の可能性をも打ち消して、おえいの事情と、自分を父と思いたい子供の複雑な想いを伝えた。

恋情を傾ける相手に、余計な話はせぬのが何よりだと栄三郎は思っている。旗本屋敷に暮らす萩江と、二親のないおえいとは所詮住む世界が違うのだから、安心させておくのが何よりなのだ。

「左様でございましたか……」

萩江はほっとしたような表情を浮かべたが、すぐに憂いを漂わせて、

「お話はおかるから伺いましたが、色々と理由があって先生がお預かりになっておられるとか……。ああ、いえ、余計なことを告げたとおかるを叱らないでやってください」

「はい。わかっております。用心棒をしていた頃に出入りをしていた店にいた女の忘れ形見で、引き取り手が見つかるまで預かってやることにしたのですが、色々噂が出回って困っております」

「わたくしはただ、その子がもし先生の娘御なら会(お)うてみたい。先生さえよろしければ、お殿様にお願いして、奥向きにお引き取りして、この手で育ててみたい、などと思いまして」

萩江は恥ずかしそうに小さな声で言った。

「忝(かたじけの)うござる……」

栄三郎は満面に笑みを浮かべて、

「お心は、躍り上がるほどに嬉しゅうござるが、どうぞそのお気遣いは御無用に……」

真(ま)っ直(す)ぐに萩江を見ながら応えた。

「お耳に入って、あれこれお気を巡らされていてはならぬと、今日は稽古を早めて参上いたしました」

「左様でしたか、わたくしも嬉しゅうございます」

萩江はぽっと顔を赤らめた。

それからしばし萩江の近況を訊ね、ほのぼのと語り合うと、栄三郎は永井邸を辞した。

お千の墓を訪ねたばかりに、おえいを預かるはめになり、あれこれ慌しく落ち着かぬ日々となったが、今の萩江の言葉で報われた気がした。

萩江は、栄三郎の血を引く娘を傍に置くことで、栄三郎と繋がっていたいと思ったようだ。それが栄三郎の胸を締め付け、心をときめかせた。これほど自分を慕ってくれる女がいるであろうか。

夢心地で〝手習い道場〟に帰った栄三郎であったが、その夢はたちまち覚めてしまった。又平がしかめっ面で三畳間の自室で横になっていたのだ。

傍でおえいが何ともいえぬ渋い表情を浮かべて、又平の右足首に包帯を巻いている。

「なんだ、どうしたんだ？」

「まったく面目ねえ……」

おえいが屋根に登りたがったので、お安い御用だと、かつて軽業一座で覚えた身の軽さを自慢しつつ、手を引いて上げてやったのだが、恰好をつけて軽業紛いの技を見せるうちに、自分の方が下に落ちて足を痛めたという。

「猿も木から落ちるってところか。その分じゃあ、しばらく身軽な動きはできぬな」

栄三郎は嘆息した。

又平が動けないのは痛手であった。

ちょうど今、取次の仕事が入っていたからだ。

善兵衛長屋の住人に、長三郎という版木職人がいる。この男は元浪人で、学者の父と折合いが悪く、絵草紙に取り憑かれ学問そっちのけとなり勘当の身となった。

それ以来父とは会っていなかったのだが、先頃父親らしき学者を山城川岸で見かけたという。

そっと様子を窺うと、学者は確かに父・野坂九太夫で、この地に移って来て新たに朱子学の塾を構えたようだ。

山城川岸は水谷町からほど近い。これも何かの因縁であろう。この機に父に許しを請いたいのだと、栄三郎に取次を頼んできたのだ。

九太夫は厳格な男で、ちょっとやそっとで長三郎を受け入れないであろう。まず栄三郎が九太夫と親しくなり、徐々に凝り固まった彼の心をほぐさんとするのが何よりである。

それには、九太夫の近況や嗜好などを下調べする必要がある。時には学問所の内などを覗き見たりせねばならぬこともあるので、又平を欠くと真に動きが取りにくい。又平もその事情がわかるので、すっかりとうなだれていた。同じく軽業一座で兄弟のように育った駒吉を助っ人に頼みたいところだが、駒吉はこのところ瓦職の方が忙しく、おまけにおくみという裁縫師匠と十五年越しの恋を成就させようとしている。声をかけられるものではない。

おえいは、仏の遣いか、地獄の遣いか――。

大変な嵐を身の廻りに連れてきたことは確かである。

長三郎からは既に二分の謝金をもらっている。

――まず一人で動くか。

やれやれと思いながらも、おえいがもし栄三郎の子なら、

「この手で育ててみたい……」

と、顔を赤らめた萩江が思い出されて、

「仏の遣いかもしれねえな……」

ひょっとしたら本当に自分の娘かもしれない。それでも好いではないか。

慌しさの中で栄三郎の心は揺れ動いていた。

五

野坂九太夫の住まいは、山下御門前の濠端である山城川岸にあった。通りから少し東へ入ったところに柳並木が続きその向こうに鄙びた風情の藁屋根の家が建っている。そこが朱子学の塾になっているようだ。

秋月栄三郎は、家を囲む生垣の外から、そっと中を覗いていた。

この日は手習い子を送り出してからふらりと出かけた。

九太夫の家には、庭に面した広間が見られるものの、門人の姿もなく今は誰もいないようだ。

ふと見ると傍に柴折戸があった。堂々と声をかけ案内を請うてもよいのだが、四十にならんとする栄三郎が、入門に訪れた若者に見えるはずもない。

かといって朱子学には疎いので、学者を気取って、

「お見受けしましたところ、朱子学を教えておいでのようで……」

などと語りかけるのも気が引ける。近くに住む身であるから、どこで知り人に会うかもしれない。今やこの近辺ではそれなりに名が通った栄三郎であるから、すぐに素姓が知れてしまおう。

とりあえず庭からそっと入って様子を窺うことにして、柴折戸を開けた。

たとえば厳格な男でも酒好きで、時折は外に飲みに出るというならば、そこで待ち構え、酒でほぐして親しくなることも出来よう。

酒でなくても骨董の趣味などあれば、同じように店で待ち構えて、まったく値打ちのわからない好き者を演じて、教えを請うことも出来る。

しかし、九太夫はそういう隙のない、完全無欠の厳格な武士であるようで、とっかかりが摑めない。忍び込んででも、何か九太夫の人としてのおもしろみを見つけねばならないと判断したのだ。

――又平がいればな……。

植木職の形をして忍び込み、いざとなれば屋根にでも大木の上にも身を潜められるのだが、栄三郎が見咎められたら何と言って取り繕えばよいのか。

そう考えた矢先に、

「何用でござる……」

重々しい声がして、植込みの陰から一人の老人が現れた。

それが野坂九太夫であるのは、今までの下調べでわかっていた。総髪に結った頭は真っ白で、ふさふさとしている。太い眉の下にぎらりと光る目は鷹のように鋭い。勘当された長三郎が、取り付く島がないと栄三郎に縋ったのもよくわかる――。そんな厳しさばかりに覆われた面相であった。

老人と思って侮ったのがいけなかった。九太夫はまだ矍鑠としていて、曲者ならば腰に帯びた脇差で退治してやるという意気込みを見せている。

もちろん、後れをとるような栄三郎ではないが、忍び込んだ後ろめたさが彼を慌てさせた。

「これは申し訳ござらぬ。ちと迷うてしまいました」

とにかく応えたが、声が上ずっていた。

「どこと間違えたのでござるかな。柴折戸を開けて入ったところを見れば、どこぞの料理茶屋と間違うたのかもしれぬが、この周りにそのような気の利いたところはない。さりとてわたしに会いに来たというわけでもなさそうじゃ」

九太夫の舌はよく回る。浪人風体の栄三郎をますます怪しき奴と見てじろりと睨ん学者ゆえの理詰めで迫られては、滅多なことは言えぬ。長三郎に頼まれたなどとだ。

「いや、それはその……」

は、取次屋の意地にかけて言えぬ。

言葉を探していると、

「ごめんなさい……！　わたしが迷ったのを、お父っさんが捜していたのです……」

庭の隅から声がした。

そこにはおえいがしゅんとして立っていた。

「うむ？　御貴殿の娘御かな……」

幼気ない童女の姿に、九太夫の表情も少し和らいだ。

「いかにも……」

栄三郎は、知らぬ間に、おえいが又平の代わりに手伝いに来たのだと悟った。それならばここはこの手を使うしかない。

「子猫を追いかけているうちに、気がついたらここのお庭にまぎれこんでしまって……」

おえいはすかさず言葉を続けた。昨日くらいから、手習い師匠の娘らしき振舞を身につけようとし始めていて、すっかりそれらしくなっていたのは、怖るべき勘のよさであった。

その時は、ますます自分の娘だと疑われるではないかと、困り顔で見ていた栄三郎であったが、思わぬところで役に立った。

「左様でござったか。御父上に造作をかけてはなりませぬぞ」

九太夫はおえいを窘めて栄三郎に頷くと、再び庭の向こうに去っていった。

「お騒がせいたしました……」

栄三郎は後ろ姿に声をかけると、おえいを連れて歩き出した。

「何だ、助けに来てくれたのかい」

栄三郎はニヤリと笑った。

「又兄さんが、先生の跡についていけって……」

「又平がそんなことを?」

「お前なら役に立つこともあるだろうって」

「そうかい、又平は人を見る目があるんだな」

栄三郎は、おえいのぷくりとした頰を人差し指で突いた。

「ありがとうよ、お蔭で助かったよ」

栄三郎は、こういうところ、子供を大人扱いする。これがおえいには堪えられなくて、

「又兄さんが動けないと、あたしが頼りだね」

大人びた物言いでニヤリと笑った。

「ああ、咄嗟に思いついて庭に潜り込んだとは大したもんだ。だが、今日はうまくったが、危ねえところには何があっても近付くんじゃあねえぞ」

「あたしはのろまじゃあないよ」

「こいつは仕事だ。甘く見るな。お前が足手まといになることだってあるんだ。わかったな。わかったと言え」

「わかった……」

「それでよし。これでお前も取次屋の仲間だ！」

言うや栄三郎は、おえいを抱きかかえて、水谷町へと走り去った。

その夕。おえいは栄三郎と又平のために夕餉の支度をしながら、興奮気味に言った。

「先生はとんでもない人なんだねえ……」

大事な時に負傷してしまったのが申し訳ないと又平は杖を突き足を引きずりながら、鱸と豆腐を仕入れてきた。

おえいは鱸を塩焼きにして、その間、豆腐を井戸水でよく冷やし、皿に盛ってから醤油に少し酒を混ぜてかけ回し、摩り生姜をのせ、削り節をふりかけた。

亡母のお千はそれほど料理が上手かったとは思えない。どこで覚えたのかしらないが手際も味付けも申し分なかった。

「何がとんでもねえんだい」

台所でおえいを手伝う又平が訊ねた。

出来あがるのを待ちながら、栄三郎が部屋で一杯やっていると、二人の弾んだ声が、聞こえてきた。

「だってさあ、手習い師匠とやっとうの先生だけじゃあなくて、取次屋なんて人助けもやっているんだよ。こんな旦那はどこにもいないんじゃあないかい」

「そいつはお前の言う通りだ」

「言っとくけど、あたしも取次屋の乾分になったんだからね」

「頼もしい仲間ができてありがてえよ」

二人の話を聞いていると心が和む。

三人で囲む夕餉の膳も格別のものであった。

――子供がいるのはいいもんだ。

平塚へ戻った東蔵が、娘のおまつのために〝喧嘩屋〟の異名をとった用心棒稼業から、ふっつりと足を洗った気持ちがよくわかる。

手習い師匠として色んな親子を見ていると、気儘に生きてきた自分が、真っ当に人の親になれるものかと思っていたが、理屈ではない。子が出来れば自ずと親の情が芽生えるのだ。

そして親にならねばという想いが、大人の渇いた心を潤すのであろう。

――又平との暮らしの中に、もうひとつ彩りがあってもよい。

その彩りというのが、妻を娶り、子を持つことなのかもしれない。

栄三郎は、ふとそんなことを考えるようになっていた。

そしておえいは、新たな彩りとなり始めている。

翌日から、おえいは手習いに出ると、又平が持っている絵草紙を借りては外へ遊びに出た。

手習い子の中で仲よしが出来て、一緒に読むのであろうと、栄三郎も又平も思っていた。しっかり者のおえいのことであるから、心配もしなかったのだが、ある日、表に出ると、おえいが件の厳格先生、野坂九太夫に連れられて帰ってくるのを見た。

おえいに助けられて以降、九太夫の懐にいかにして入るべきか考えあぐねていただけに栄三郎は驚いた。

しかも、九太夫の表情は、にこやかで楽しそうなのだ。

栄三郎は慌てて歩み寄り、

「これは先だっての……。何かまた御迷惑をおかけいたしましたか……」

九太夫に頭を下げた。

「いやいや、迷惑などとはとんでもない。この子が年寄りの無聊を慰めに来てくれているのでござるよ」

「はて……」

栄三郎が首を傾げると、九太夫は頰笑みながら、ここ三日ほどの間、おえいの来訪を受けたのだと語った。

九太夫は、昼までに朱子学の講義を終えると、そこからは一人で家に籠って書見や書き物などをして過ごすという。

それほど門人も多くない上に、一日数度の講義をこなす体力もなくなってきたからだが、無聊を託つことも少なくないらしい。

そこに、おえいが訪ねてきて、先日の庭への侵入を詫びた上で、絵草紙を見せて、わからぬ字を訊ねたのだ。

九太夫は、わざわざ訪ねて来て詫びを言うおえいに心を癒やされたものの、

「そなたは絵草紙を読むのかな」

と、初めのうちはあまり快く思わなかったという。

「わたしは、絵草紙というものが、どうも性に合いませんでな」

九太夫は苦笑いを浮かべたが、栄三郎にはわかっている。

倅の長三郎が、学問そっちのけで浮世絵や戯作本に夢中となり、勘当した辛い思い出があるからだ。

「だが、この子は、絵草紙を読むうちに、書画に興をそそられ、学問好きになった人がいる。絵草紙も捨てたものではないのだと申す」

「おえいが、そんな口はばったいことを？」

栄三郎が申し訳なさそうな顔をすると、

「だって、初めから字が並んでいるのを読もうと思わないもの。初めはなんだっていいんだ。書を読むことから学問は始まるんだ。先生はそう言っているでしょ」

おえいは九太夫の傍で澄まし顔をした。

「それはそうだが……」

栄三郎は大仰に頷いた。おえいがどういう意図で九太夫を訪ねたのか、目と目で話せばわかる。この苦労を無駄にしてはいけない。

「絵草紙くらいなら、わたしが読んであげられたものを」

叱りつつ、おえいが何と応えるか楽しみであった。

「色んな人から学びなさい。そうすると同じ書を読んでも、また違う味わいがある。先生はそうも言ってました」

「ははは、それでわたしに訊ねたというのじゃよ、この子は……」

九太夫は目を細めて、おえいの頭を撫でた。

栄三郎は満足そうにおえいを見た。ここ数日、手習い子に交じって聞いた栄三郎の話をおえいはきっちりと覚えていた。そしてそれを使って巧みに九太夫の心を捉えたのだ。

しかも、絵草紙を持参したとは気が利いている。九太夫は、勘当した息子の長三郎が、版木職人になっていることは、風の便りに知っているらしい。

長三郎が関わっている絵草紙が、少しは学問の入り口としての役目を果している――。

この先、栄三郎がそのように話を持っていけるであろう。

「うむ、おえい。それは好い心がけだ。だが、毎日のようにお訪ねしては、ご迷惑であろう。お前は言えば叱られると思ったのかもしれぬが、知らねば親の恥となる」

「はい……」

おえいも殊更（ことさら）にしゅんとしてみせる。

「いやいや、お蔭でわたしも絵草紙のおもしろさを、この子に教えてもらいました」

九太夫は余ほどおえいに字を教えるのが楽しかったのであろう。先日、庭で見咎められた時とは別人の趣であった。

厳格な武士とはいえ、心の内は寂しかったのであろう。そこへためらいなく踏み入っていける、子供の力は大したものだ。

「申し遅れました。わたしは、すぐそこの手習い所におります……」

「秋月栄三郎殿でござろう。この子から聞きました。立派な手習い師匠とお見受けいたした。理由（わけ）あって親に逸（はぐ）れたこの子の親代わりをなされておいでとか」

「親代わり……？」

栄三郎は、おえいを見た。おえいは頰笑みを返した。あの日は父娘の振りをして難を逃れたが、その辺りも〝親代わり〟と修正していたようだ。

この先、栄三郎の素姓がわかった時のことを考えたのかもしれないが、〝お父っさん〟と言い続けたかったのではなかったかと思うと、栄三郎はおえいに不憫を覚えた。

「いや、こちらこそ申し遅れました。わたしは先だって迷い込まれた家で朱子学を教えております……」

「野坂先生ですね。あれから御評判をお聞きしまして、お詫びかたがたお訪ねせねばと思うておりましたところで」

「それをこの子に先を越されたと……」

「はい、真にしてやられました。以後はどうぞお見知り置きのほどを」

「こちらこそ、御昵懇(ごじっこん)に願いますぞ」

栄三郎と九太夫は、おえいを挟(はさ)んで笑い合った。

これで九太夫とは交誼(こうぎ)を結ぶことが出来よう。

栄三郎のますます成熟した〝人たらし〟の技をもってすれば、勘当した息子・長三郎と再会を果す日も近い。

おえいはしてやったりの表情で栄三郎を見ている。

川越の伯父・伊太郎からの便りは未だない。

かくなる上は、おえいを〝手習い道場〟に留め置き、我が子として育ててもいい。娘盛りになれば、永井家の奥向きに預けるのもよい。萩江はきっと喜んでくれるであろう。そして萩江とは、おえいを通じてより一層、心を通わせることもできよう。

女房がなくても子は持てるのだ。

おえいが、あの日お千と情を通じた時の子であってくれたらこれほどのことはない。

今や栄三郎は、真剣にそう思っていたのである。

六

それから時折、栄三郎は山城川岸に、野坂九太夫を訪ねるようになった。

昵懇になったといえども、九太夫の人となりが変わるものではない。会話を弾ませるのは骨が折れるので、ここぞという時はおえいを連れていった。

おえいは相変わらずしっかりしていて、〝手習い道場〟では、足を痛めた又平をよく助けた。

だが、栄三郎が娘のようにおえいをかわいがるようになると、おえいは口数も少なくなりすっかり大人しくなった。

栄三郎からの愛情を得たと実感し、落ち着いたのであろうか。子供の心情も揺れ動き易(やす)いものだ。

栄三郎は又平に、

「ありゃあおれの娘かもしれねえ。我が子として育ててみるか……」

と耳打ちをした。

「それもようございますねえ。女房をもらうというのも面倒でやすからねえ。手っ取り早く娘を拵えちまうってえのも洒落(しゃれ)てますぜ」

又平も、そっと声を潜めて応えたものだ。

極楽蜻蛉(ごくらくとんぼ)と言われた秋月栄三郎にも、落ち着いた新たな暮らしが待ち受けているのであろうか。そう思われた時――。

〝手習い道場〟に一人の男が訪ねて来た。

新見一之助(にいみいちのすけ)という浪人であった。

一之助は、〝喧嘩屋〟と呼ばれた東蔵と共に、栄三郎とは柳橋に住んでいる頃の用心棒仲間であった。

元はさる旗本に仕(つか)えていたそうだが、中間(ちゅうげん)部屋の博奕(ばくち)に絡み、召し放ちとされた。

それ以後は方々で用心棒稼業をしていたらしい。歳(とし)は栄三郎より二、三歳下であったろうか。

細面で鼻筋の通った容貌は、盛り場の女達の心を騒がせ、剣術の腕も甲源一刀流を修め相当なものであった。

酒食は細かったが、物言いにおかしみがあり、栄三郎とはよく気が合った。

「こいつは珍しい人が来てくれたよ……」

栄三郎は大喜びで迎えた。

「栄さん、落ち着いた暮らしのようで何よりだ」

「一さんこそ、変わりがなくて何よりだ」

「変わりがなさすぎて困りものさ」

一之助は自嘲気味に言った。相変わらず方々で用心棒稼業を続けていて、近頃は体が思うように動いてくれないのだと嘆いた。

「それにしても、よく訪ねてくれたねえ」

栄三郎は一之助を自室に請じ入れ、茶碗酒を交わした。

又平とおえいは、手習いが済んで鉄砲洲に出かけていた。又平の足の調子がよくなったので足馴らしに出て、おえいがついていったのだ。

「条三に会ったんだ。それで、東蔵の兄さんが江戸に来ていて、栄さんのところにいると言っていたから、懐かしくなってあれこれ尋ねて来たってわけさ」

「そいつは生憎だったな。東蔵の兄さんは、ちょっと前に江戸を出て平塚に帰ったよ」

「そうだったのかい。そりゃあ残念だ。近頃歳をとったせいか気弱になっちまってねえ。達者な内に懐かしい連中に会っておこう、そんな気になったんだが……」

「まだ気弱になる歳じゃあねえよ。とにかくゆっくりしていっておくれよ」

「いや、ここは手習い所だ。おれみたいな者が長居できるところじゃあない」

「まあ、そう言わずに……」

栄三郎は、すぐにも帰りそうな一之助を押し止めた。そういえば、柳橋にいた頃。お千は一之助にも熱を上げていたような気がしたからだ。

一之助も、お千とは柳橋以前からの腐れ縁なんだと言っていたはずだ。ということは、おえいは一之助の子ではないのか――。

そんな想いに囚われた。

不思議なもので、おえいを連れ帰った時は、自分の子でないことを祈っていたのが、今となっては一之助に妙な嫉妬を抱いている自分がいた。

とはいえ、もし一之助の子なら、おえいの今を伝えてやるべきであろう。

「一さん、栄三に会ったのなら、お千が死んじまったことは知っているよな」

「ああ、かわいそうに、早過ぎるぜ」

一之助は嘆息した。ここは手習い所だからおれみたいな者は長居が出来ないと遠慮をしてみたり、こういうところの情深さが、この男の魅力である。

栄三郎は、おえいのことを伏せたまま、

「一さんは、お千と好い仲だったことがあるのかい」

と、訊ねてみた。

「おいおい、何を言うんだよ。確かにお千とは長い付合いだったが、一度もそんな仲になっちゃあいないよ」

「そうだったのかい。おれはてっきり……」

「こう見えても、おれには、ちゃあんと惚れた女がいたのさ。お千と何かあったのは栄さんの方じゃあないのかい」

「さあ、どうだろうな」

栄三郎は言葉を濁して思わせぶりに言った。

「ほら、怪しいもんだ。だが、どうしてそんなことを訊くんだい」

「実はな、お千には娘がいて、ひょんなことから預かるはめになったんだよ」

栄三郎は、おえいとのこれまでの経緯を語った。

「栄さんはやっぱりやさしい男だねえ。そうかい。墓に参ってやったのかい。おまけに他人の娘まで預かってやって……」

話を聞くと一之助は、つくづくと言った。

「一さんは、娘の父親に心当たりがあるのかい？」

何かを知ってそうな口ぶりの一之助を見て、栄三郎は身を乗り出した。

「ああ、そいつは……」

一之助は、顔をしかめて何か言おうとしたが、すぐに言葉を呑み込んで、

「いや、知らぬ……。知らぬが花だよ、娘のためにはな。おれかもしれない、栄さんかもしれない。それでいいのではないかな」

一之助はにこりと笑って、

「お千の供養だ。これで、忘れ形見に何か買ってやっておくれ」

小粒をひとつまみ懐紙に包むと、栄三郎に手渡し立ち上がった。

栄三郎はもうそれ以上は訊ねなかった。

一之助はおえいの父親を知っている。だがそれは栄三郎ではなく、まったく取るに足らない男なのであろう。それゆえ口にしなかったことがわかったからだ。

「条三にばったり会って、無性に栄さんの顔が見たくなったんだが、やっぱり栄さん

は好い男だね。また来るよ……」

一之助はそう言い置くと、そそくさと出ていった。

――そうか。おえいはおれの娘じゃあなかったんだ。

一人になると、僅(わず)かな安堵と、大きな失望が栄三郎を襲った。

――いや、だがおれかもしれない。それでいいではないか。おえいは、おれを〝お父っさん〟だと思いたいのだから。

考えを新たにした時、おえいが又平と共に帰ってきた。

川越からお千の兄・伊太郎の返事が届いたと、〝浜乃屋〟の八五郎が報せてきたのは、その翌日であった。

遣いを寄こさず、自(みずか)ら駕籠(かご)をとばしてやって来るところなど、八五郎の義理堅さが出ているが、

「いやそれが旦那、伊太郎さんが言うには、ちょうど旅に出ていて、文を読むのが遅れてしまったらしくて、すぐに迎えを寄こすとのことでございますよ。ほんによろしゅうございました。あっしも肩の荷が下りましたよ……」

栄三郎の顔を見るや、興奮気味に伝えたものだ。

伊太郎は川越でそれなりの身上になっているし、血の繋がった伯父である。ここで暮らすのがおえいにとって何よりだろう。

取次屋の仲間だと喜んでいるが、思えば危うさを秘めたやくざな稼業である。手習い師匠と剣術指南がいくら充実しようが、栄三郎は人と人との絆を繋ぐこの仕事から離れられないのだ。

川越からは三日後に迎えが来るという。

「とにかく、おえいに話しておこう。ご苦労だったね」

栄三郎は八五郎を帰すと、野坂九太夫の家へ遊びに行っていたおえいの帰りを待って、これを告げた。

「そう……、伯父さんが迎えにきてくれるのか……」

おえいは、たちまち表情を曇らせたが、

「今までお世話になりました。このご恩は一生忘れません」

きっちりと挨拶をして畏まってみせた。

その行動が栄三郎には意外で、

「おえい……、ずっとここにいたっていいんだぞ」

栄三郎は、又平と二人でおえいに向き合いながら言った。

「ほんとうに……？」

いつも闊達(かったつ)なおえいが、か細い声を出した。

「ああ、おれの娘にしてやってもいいぜ」

栄三郎は明るく言った。

「うれしい……。うれしいよ……！」

喜びを嚙(か)み締めつつ、何故だかおえいは頭を横に振る。目には涙が浮かんでいた。

「嬉しけりゃあ、頭は縦に振るもんだ」

「うれしいけど、あたしは川越へ行きます」

「いいんだぞ。おれの娘になっても」

それでも頭(かぶり)を振るおえいを見つめて、栄三郎は言葉に力を込めた。

「でも、あたしは先生の娘じゃあないもの」

「そんなこと、わかるもんかい」

「わかっている。あたしの父親は条三というろくでなしなんだと、おっ母さん、教えてくれたんだ」

「条三……？」

栄三郎は啞然(あぜん)とした。平塚の東蔵にお千の死を告げた条三こそがおえいの父親だったというのか。

新見一之助が、おえいの父親の名を呑み込んだのは、それをおえいが知ったとて、一文の得にもならないと思ったからであった。

しかし、お千はおえいに打ち明けていた。あろうことか、父親が粂三というくだらぬ男であることを。

おえいは知っていたから余計に栄三郎を父と思いたかったのである。

「粂三……？　そいつは何かの間違いだ。間違いに決まっている」

栄三郎は間違いにしてしまいたかった。自分のためにも、おえいのためにも。

「いえ、間違いじゃあない。だからあたしはここにいちゃあならないんだ。先生、ごめんなさい……」

おえいは泣きじゃくった。おえいは、栄三郎を慕っている。慕っているからこそ嘘はつけなかった。

「おっ母さんが、先生を好きだったのはほんとうよ……」

そうかもしれなかった。だがお千は、盛り場での腐れ縁から逃れられなかったのだ。ましてや栄三郎は、名のある剣客の内弟子。将来のある男なのだから。

それゆえ、お千は回向院門前から姿を消し、柳橋で再会後も、またすぐに町を去った。それは粂三から逃げるためでもあったが、粂三は未練を残し、いつもお千の姿を求め歩いていたのであろう。

「そうかい。おえい、わかったよ。もう泣くんじゃあねえよ」

栄三郎は、おえいの小さな肩を抱いた。

泣き止もうとするおえいの横で、又平が目頭を手で押さえていた。

「川越で好い女になるんだぞ。江戸とは目と鼻の先だ。また、会いに来ておくれ」

栄三郎は、もう引き止めはしなかった。

おえいが自分の子でなくてもよかったが、粂三の子だと報されれば辛かった。お千に深く惚れたわけではなかったものの、いくら色気を売る酌婦とはいえ、粂三などと情を通じていたと思うと、この先も、今と同じようにおえいをかわいがることが出来るだろうか――。

それを思うと、おえいを望んでいる伊太郎の許で暮らすのが何よりだ。おえいは大人びているから、そんな複雑な男の気持ちがわかるのだ。

わかるから別れを告げたのだ。

それから三日後に、伊太郎自らが迎えに来るまで、おえいは口数も少なく、淡々と又平の仕事を手伝った。

「ほんとうにご迷惑をおかけいたしました……」

伊太郎は、〝手習い道場〟に着くや、栄三郎と又平に平身低頭の末、金を受け取らぬ栄三郎の袖に無理矢理金包みを忍ばせると、おえいの手を引いて歩き出した。

おえいは相変わらず押し黙っていたが、五間（約九メートル）ばかり歩いたところで、栄三郎の傍へと引き返し、

「ありがとう、お父っさん……」

耳許に囁くと、今度は元気に伊太郎の許へ駆け戻り、大きく手を振りながら、京橋へ向かって歩き出した。

あまりにも呆気なかった別れに栄三郎は小さく手を振るばかりであった。

「又平、何だか泣けてきやがったぜ」

「へい、まったくで……」

「お父っさん、なんて言ってたくせに、どうして行っちまうんだ……」

「あの子は、旦那に恋をしたんですよ……」

小首を傾げる栄三郎の横で、又平は小さなおえいの後ろ姿を見ながらぽつりと言った。

第二章　つぐない

一

三日ばかり雨が降り続いている。

このまま梅雨に入りそうな気配である。

秋月栄三郎は、この間ほとんど外には出ず、手習いの他は、剣術の稽古に来た近所の物好き達に、

「雨が続くと、気が滅入ってしかたがねえや。今日は稽古など止めて、一杯やろうじゃあねえか……」

などと言っては、剣術指南を投げ出して、酒ばかり飲んでいた。

そもそも、雨の日は何か起こりそうな気がするから嫌いではないと言っていた栄三

郎が、このように気だるくなっているのは、〝我が子〟として手許に置こうかと思ったおえいとの別れが心に沁みたからであった。

又平にはそれがわかる。

互いに女房も持たず、この〝手習い道場〟に拠って、気儘におもしろおかしく暮らしてきたが、おえいがいたどちらかというと窮屈な一月足らずが、栄三郎には妙に心地よかったのであろう。

去年の暮れには久しぶりに大坂へ戻り、肉親の情に触れた上に、平塚では用心棒仲間であった東蔵が、そっと娘を守る姿をまのあたりにした。

そんな最中に降って湧いた〝隠し子騒動〟であったが、これが殊の外、呆気なく収束した。

四十を目前にした栄三郎は、口では言い表せない空しさに襲われたのだ。

そのような屈託は、忙しさに紛らせるしかない。

おえいと別れてから、栄三郎は版木職人の長三郎と、彼の実父で勘当を受けたままになっているという朱子学者・野坂九太夫の和解に動き回った。

そして、すっかりと栄三郎に心を開き始めた九太夫に、

「わたしの手習い所の真裏にある長屋に、長三郎という版木職人がおりましてね。こ

れがなかなか大した腕を持っているのですよ」

などと知らぬ顔で告げ、そこから見事に父子の対面と和解へと漕ぎ着け、取次屋としての面目を大いに施した。

この一件については、詳しく述べるまでもなかろう。つまるところ、学問を放り出し、武士を捨て版木職人になった息子でも、親はやはりかわいいものなのだ。

そこに上手く切り込むのが秋月栄三郎の身上で、

「まあ、女房も子供もない身だが、おれには取次屋という誰にも負けねえ仕事があるんだ」

と、悦に入っていたのだが、その取次の仕事も、ひとつ終らせてしまえば後が無く、おまけに雨が降り続くと外に出るのも億劫になり、手習い子以外は人のおとないも少なくなるから、このような有様となっているのだ。

雨はそれからも、降ったりやんだりを繰り返して、さらに三日が経って、五月晴れを迎えた。

少しは気分も変わったか、

「又平、おれはやはり雨の日は嫌えだよ」

栄三郎は、つくづくと言ったものだが、その日、新見一之助が〝手習い道場〟を訪ねて来て栄三郎の空しさを一時忘れさせてくれることになった。

一之助は、平塚の東蔵と共に、用心棒をしていた頃の仲間なのであるが、未だに用心棒稼業を続ける自分を恥じて、再会後は沈黙を保っていただけに、栄三郎は、

「ちょうどくさくさとしていたところだったんだよ。よく来てくれたね」

と、歓迎した。

「いや、手習い師匠になった栄さんに会いに来るのは、畏れ多くて気が引けたんだが、〝取次屋〟として是非頼みたいことがあってねえ……」

一之助は、少しはにかみながら言ったが、今の栄三郎にとっては、それこそ望むところであった。

「何だってするから言ってくれ。こうしておれを思い出して、また訪ねてくれたのが嬉しいじゃあないか」

「そうかい。そいつはありがたい」

一之助はにこりと笑った。

「だが、いったいどんな頼みなんだい。一さんは腕も立つし、長い間用心棒稼業を続けているんだ。おれの手を借りなくったって、少々のことは片がついてしまうだろうに」

「自分で動きたくないことなんだよ」

「てことは、相手に顔を知られていて、会いたくない。そんなところかい」

「ああ、正しくその通りだ」

「女絡みの話だな」

「栄さんには敵わない。ちょっと気恥ずかしいのだが……。随分前に苦労をかけたまま別れた女が、今どうしているか確かめてもらいたいのだよ……」

その女は、お京というそうな。

さる旗本に仕えていながら、中間と共に屋敷内で密かにご開帳をしたのが発覚し、新見一之助は浪人の身となった。

賭場に出入りしていた者の勧めで、それからは用心棒となるのだが、腕は立っても慣れぬ浪人暮らしは大変で、この稼業もなかなかに上手くはいかなかった。

そんな時に知り合ったのが、谷中の水茶屋で茶立女をしていたお京であった。

貧農の出で、弟、妹のために年季奉公に出たのだが、ただ茶を汲んで運ぶだけの務めではない。時には色気を売りにして、客に身を委ねなければならないこともある。

細面に細い目、薄い唇、高い鼻が形よく整い、体も細く、肩ははかない――。

口数は少ないが、その分笑顔が美しく、お京に熱をあげる男達は玄人筋が多かった。

その中でも腕が立ち、そこはかとなく女達にやさしさを見せる新見一之助に、お京は惹かれた。

一之助は、この水茶屋を含め、数軒を受け持つ用心棒であったのだが、何かと構ってくれるお京によって町の暮らしにも慣れていった。

お京と一之助が深い仲になるのに時はかからなかった。

といっても、借金があるお京は、一之助の自由にはならない。〝情夫〟として寄り添い、食えぬ浪人暮らしをお京に支えてもらう情けない日々が続いた。

「いつかひと山当てて、お前を請け出してやるさ」

一之助のその言葉に、お京は素直に喜んだが、しがない用心棒がひと山当てることなど余ほどの悪事に手を染めぬ限り、出来るものではない。

そのうちに、やくざ者同士の喧嘩に巻き込まれて、一之助はそのうちの一人を殺めてしまった。

ほとぼりを冷ますには旅に出るしかなく、一之助はお京と別れた。

「一さんが帰って来るまで、あたしは待っています……」

お京は涙ながらに告げたが、

「いや、おれのことはきれいに忘れろ」

一之助は、すげない返事をした。

「これを潮に、おれは一端の男になろうと思う。ここで待っていられちゃあ、落ち着かなくていけねえや。お前とは好い縁じゃあなかったってことさ。この先、請け出してくれる男もいるだろうから、好きにしろ……」

どうせいつまでも身請けのひとつしてやれないのはわかっている。お京を贔屓にする客もいるのに、自分のようなやくざ浪人が引っ付いていては、いつまでも自由の身にはなれないであろう。

一之助はそう思って、愛想尽かしをしたのである。

それでもお京は、一之助を待とうとした。

だが、浪々の身で、己が身の情けなさを噛み締める一之助には、お京の身を思う気持ちと共に、女の一途な想いが重荷でもあった。

旅に出る際には、水茶屋の主に、

「お京に好い客ができたら、その男に借金払いをしてもらって、一緒にさせてやってくれ」

と、強く念を押したのであった。

それから二年ばかりして、一之助は江戸に戻った。再び用心棒を生業に、回向院門前、今戸、柳橋と転々とした。

柳橋では秋月栄三郎、〝喧嘩屋〟東蔵といった用心棒仲間も出来て、少しは落ち着いて暮らすことも出来た。

しかし、一之助とてお京を忘れていたわけではなかった。

きっぱりと手を切るよう段取ったつもりであったが、お京がおかしな女の意地を見せ、身請けの話が出たとて、首を縦に振らずにいるのではないか――。それが気にかかった。

それでそっと谷中の様子を人伝に窺ってみたところ、直次郎という魚売りと一緒になったという。

直次郎は、俠気のある男で、博奕好きが玉に瑕なのだが、目が出た時に得た金で、あっさりとお京の借金を水茶屋へと払い、自由の身とした上で女房にしたという。

一之助は、ほっとして肩の荷を下ろしたが、用心棒稼業に身を投じ、命懸けで方便を立ててきたというのに、二十両足らずの借金さえ払ってやれなかった自分が不甲斐なかった。

「だがお京にとっては、これでよかったのだ……」

複雑な想いを胸に抱えながら、一之助はお京の幸せを祈ったのである。

「一さんは、そのお京って女に、心から惚れていたんだねえ」

話を聞いて、一之助にそんな昔があったのだという感慨を胸に、

「惚れていたから、自分に付合わせて大変な目に遭わせたくなかったんだ。その気持ちはよくわかるよ」

と、大きく頷いてみせた。

「いや、おれは女から逃げた。それだけのことさ」

一之助は、自嘲気味に言った。

「今も幸せに暮らしていりゃあいいんだが、話を聞けば、直次郎というのも、おれと同じで真面目な男とは言えまい」

「魚屋にはちょいとやくざな男が多いからな」

「お京を請け出したのも、博奕で勝った金だと聞いたから、その辺りがどうも心配でな」

「確かめておきたいってわけかい。ははは、やっぱり一さん、心から惚れていたんだよ。やさしい男だね……」

「そいつは買い被りだ。前にも言ったが、近頃は歳のせいか気弱になってな。達者なうちに、懐かしい連中に会って、不義理を残したところには償っておこうと思っていたのさ。すると、栄さんは立派になっていて、東蔵の兄さんは、捨てた女の娘をそっと守って、今じゃあ娘と仲よく暮らしているという。あれからおれも色々と思うところがあったというわけなんだよ……」

一之助は、神妙な表情を浮かべ、訥々と言った。

「おれも四十を目の前にしているから、一さんの気持ちはよくわかるが、お前さんはおれより二つばかり若かったはずだ。まだまだ老け込む歳じゃあないだろう」

栄三郎は、一之助の不安げな言葉を吹きとばすように言ったが、確かに顔付きにやつれが見えた。もしかして、どこか体の具合が悪いのかもしれなかった。

一之助は、愚痴めいたことを言ってしまったかもしれぬと思い直したのか、

「そうだな、栄さんの言う通りだ。若い頃と比べるからいけないんだな」

と、声に張りを持たせて頬笑んだ。

「そうだよ。若い頃と比べるからいけないのさ。とにかく、お京って女が今どうしているか、きっちりと調べておくよ」

「そいつはありがたい」

「で、もしも、不幸せな様子だったら？」

「後でおれが、何とか手を尽くすから、その場はうまく取り繕(つくろ)っておいてくれないか」

「お安い御用だ」

「すまないな」

「いや、おれも我が子かと思った娘が出ていっちまって、おもしろくない毎日を送ってたんだ。ありがたいと思っているよ」

栄三郎は、こうして新見一之助の依頼を快諾(かいだく)した。

さして難しい取次でもなさそうだが、どうも一之助が何か思い詰(つ)めているように思えてならなかった。

――こいつは、心してかからねばならぬかもしれぬな。

そんな胸騒ぎがしたのである。

二

「ちょっとの間、野暮用があれこれあるので、十日ほどしたら、また訪ねるよ」

新見一之助は、風の便りに聞いたお京の消息を余すことなく栄三郎に伝えた後、またふらりと姿を消した。

この数年は旅に出ていたので、今はまだ落ち着く先がなく、方々ねぐらを転々としているのだという。

——そんな暮らしを続けていたら、そりゃあ疲れるだろうよ。

かつては栄三郎も、用心棒稼業に身を置いて、住処を転々としつつ暮らしていた。東蔵と一之助の処にも度々厄介になったものだ。その頃を思えば、〝手習い道場〟という城があるのは真にありがたいことだと、つくづく人との巡り合わせに感謝せねばなるまい。

それでも、この城に〝我が子〟と共に暮らせたら——。近頃はふと、そんなことを考えてしまうので、一之助が、何もしてやれぬまま別れてしまった女の幸せを願うのもよくわかる。

男は皆、ある歳になると何か自分を納得させることをしたくなるのであろう。

ともあれ、栄三郎はお京の姿を求めた。

まず、又平が、お京が魚屋の直次郎と所帯を持ち、暮らしていたという三河町二丁目の裏店を訪ねてみた。

ここは鎌倉河岸からほど近く、賑やかな町であるが、裏店は表通りの喧騒が嘘のような静けさで、恋女房と暮らすにはちょうどよいようだ。

又平はいつもの手を使い、長屋の木戸辺りに、放心したように座っている老婆を捉まえ、話し相手になりながら、直次郎、お京夫婦についてそれとなく訊ねてみた。

ここで、今も仲睦じく子供の二人も儲けて暮らしていると知れたら、仕事も済んだようなものであった。

ところが、老婆の話では、もう随分と前に夫婦はこの裏店から出ていったという。

老婆の口振りでは、娘を一人生して、親子三人仲よく暮らしていたのだが、直次郎が何かよからぬことをしでかして、町にいられなくなったようだ。

老婆は、話すうちに又平を怪しみ、

「何か、面倒を持ち込もうってえのじゃあないんだろうね……」

などと言い出したので、

「いや、そんなんじゃあねえよ。随分前に世話になったことがあってね。通りすがりに、そういやあこの辺りに住んでいたと聞いていたから訪ねてみようと思ったのさ」

そんな風に取り繕い、

「ありがとうよ。甘い物でも買ってくんな」

と、小銭を渡してその場を離れた。

——よからぬことか。

そのままで帰る又平ではない。

嫌な予感に囚われつつ、魚河岸に足を延ばした。

魚売りの男伊達であったというから、河岸の者に訊けば知る者も多いだろう。

「ああ直さんかい、好い男だったぜ」

すぐに直次郎を知る者に会うことが出来た。

又平が、前に世話になったので、一目会って礼を言いたいのだと言うと、俠気に溢れた連中のことである。

「そいつは生憎だったね。直さんはもうこの魚河岸に出入りはしてねえんだ」

と、言いながらも、

「奴なら、今どうしているか知っているんじゃあねえかな……」

かつて仲がよかったという、魚を捌く職人に会わせてくれた。

その職人は、直次郎の名が出ると大層懐かしんで、

「そうかい、直に昔世話になったのかい。あいつは気の好い奴だったからなあ」

少し顔をしかめながら、直次郎が河岸からいなくなった理由を教えてくれた。

「気前も好い、腕っ節も強い、男振りも好い、ひとつだけいけねえのがこれよ……」

職人は壺(つぼ)を振る手つきをしてみせた。

やはり博奕であった。

だが話を聞くと、随分と気の毒である。

かつて仙太郎(せんたろう)という若者がいた。魚河岸の中でも大店(おおだな)の問屋の息子で、直次郎を慕(した)っていたという。

仙太郎は、男を上げるためには、喧嘩、博奕、酒、金離れの好い遊びが大事だと思い込んでいて、直次郎に賭場へ連れていってくれと頼み込んだ。

仙太郎は二十歳(はたち)になるやならず。

直次郎は迷ったが、頼み込まれると嫌とは言えず、連れていった。

賭場に慣れぬ仙太郎は、当然、勝負に勝てない。博奕には勝ち負けが付きまとう、負けたからといって苛々(いらいら)せぬことだと直次郎に教えられたが、若い仙太郎は熱くなった。

そのうちに客の一人が、

「こいつはいかさまだ！　ふざけやがって……」

と、いきり立った。

直次郎の目から見てもいかさまに思えたが、賭場で争いたくはない。ほどのよいところで引き上げようとした矢先の出来事であった。

中盆の男がこれを宥めたが、運悪く他にもこの客に同調する者が出てきて、騒ぎが大きくなった。

止せばいいものを、仙太郎も、

「やはりそんなことだと思ったぜ！」

と、雄叫びをあげたから、

「手前、賭場荒らしをしやがるか！」

賭場の三下や用心棒との間で、たちまち喧嘩が起こり、仙太郎は殴り倒され打ちどころが悪く命を落してしまった。

御定法に背くことである。博奕打ちの親分が、問屋の主に詫びを入れ、これは内済になった。

仙太郎にも落度があったことだし、悪所での不始末を言い立てるほど、魚河岸の男はさもしくはない。

だが、直次郎は魚河岸に出入り出来なくなった。仙太郎ははみ出し者で、周りの者達も手を焼いている節があったから、

「お前のせいじゃあねえよ」

魚河岸の連中はそう言ってくれたが、自分の不注意で若者一人が死んだのだ。何事もなかったかのように顔を出せるはずもなかった。

「それで、直次郎さんは、魚売りをやめちまったんですかい」

又平は、苦い顔で職人に問うた。

「そのようだ。魚河岸は日本橋だけじゃあねえんだが、あの男は義理堅えから、きっぱりとやめちまったんだろうな」

「なるほど、それからのことはご存じで……」

「いや、詳しいことは知らねえが、三河町の長屋を出て、芝神明の門前に移ったようだぜ。かみさんが飴を売っているのを見たって奴がいてよう」

又平は丁重に礼を述べると、その日は水谷町へと戻った。

これ以上、直次郎の生き様に触れると気が滅入りそうであった。

まず栄三郎に報告をして、一旦吐き出してしまいたかったのである。

「そうかい、御苦労だったな……」

栄三郎は又平を労うと、

「お京って女も因果なものだなあ……」

大きく息を吐いた。

初めに惚れた男は人を殺めて離れていった。

自分を妻にと望んでくれた男は、博奕に強かったゆえに、自分を請け出してくれたのだが、賭場の喧嘩に巻き込まれ、あろうことか河岸の問屋の息子を死なせてしまった。

お京の幸せを祈った一之助であったが、彼が持っていた不安は、確かなものとなっていたのである。

「明日はおれがあたってみるよ……」

栄三郎は翌日、芝神明へと出かけた。

芝神明は、巨刹、増上寺表門の外にある、飯倉神明宮の通称である。

伊勢神宮の内外両宮の祭神が祀られていて、日々多くの参詣客で賑わっていた。

参道には、芝居小屋、茶屋、楊弓場などが立ち並んでいる。江戸でも随一の行楽地である。

栄三郎は茶屋で休み、露店を冷やかしながら、

「前にこの辺りで、お京って人が飴を売っていたと思うんだが知らねえかい。これが

うまい飴で、ここに来る度に買っていたんだが……」

などと言っては訊ねてみた。

すると、何軒目かの古道具屋で、これを聞きつけた女の飴売りが、

「お生憎様でしたねえ。お京さんはもうここで飴は売っていませんよ」

と、栄三郎に話しかけてきた。

歳は三十前の年増だが、萩の枝があしらわれた派手な小袖に、大きな井桁柄の前垂れ姿には、なかなか色気がある。

なるほど、子供に飴を買ってやろうという名目で、父親が寄って来やすいように、ちょっとした色気をも売っているのであろう。

お京もこんな風に飴を売っていたのに違いないが、女の話ではもう飴売りはしていないらしい。

「何だそうなのかい。そいつは残念だ。といっても、お前の方が好い女だから、こっちの飴もうまそうだ。ひとつ包んでおくれ」

栄三郎は、巧みな話術で女を喜ばせると、

「てことは、好いのができて、どこかで物持ちの女房にでも納まっているのかい」

などと軽口を叩いて、さり気なくお京のその後を訊いてみた。

「さあ、あの人は自分のことを何も喋らない人でしたからね。でも、そんなところかもしれませんよ。深川の黒江町で甘酒屋をやっているって噂を聞きましたからねえ」

女は、お京とは飴売り仲間だったようだが、それほどお京の事情は知らなかった。

お京は、魚売りをしていた亭主と娘がいることなど、何も言わずに商売をしていたと見える。

それでも、噂とはいえ深川黒江町で甘酒屋をしているとわかったのはありがたい。

「これから芝神明に来た時は、お前の飴を買うのを楽しみにしようよ……」

栄三郎は、また飴売りを喜ばせると、参道を後にした。

ぽつりぽつりと雨が降ってきたのだ。

三

雨は、翌日の手習いが終る頃にあがった。

「ちょうどよかったぜ……」

栄三郎は、又平と連れ立って深川へ向かった。

おえいが川越へ行ってしまってからの屈託はすっかりと薄らいでいた。

やはり、人と人の絆を繋ぐ〝取次屋〟として動いている時の秋月栄三郎が何より充実している。

軽快な栄三郎の足取りを横目に、又平はその想いを新たにしていたが、

——人を幸せにするのもいいが、手前のことは、どうするつもりなのかねえ。

そんな心配も湧いてきた。

もう長い間、栄三郎の傍近くにいるが、これまでの楽しさは口で言い表せないくらいのものだ。

ますます惚れ込んでしまう旦那ゆえ、

——誰か旦那の取次をしてくれねえものかねえ。

と、考えてしまうのだ。

女房、子供など抱えて暮らすのは面倒だと思っているのかと見ていたが、誰の子かはっきりとしないおえいを自分の子として育てようとしたのだ。

そういう当たり前の幸せを栄三郎は求めるようになっている。

それならば、この辺りで観念して女房をもらい子を生せばよいものを、それをしようとしないのは、惚れていながら我がものに出来ぬ、恋の葛藤を抱えているからではないのか——。

又平は、近頃の栄三郎にそんな翳（かげ）りを見つけていたのである。

深川への道中、栄三郎は妙にそわそわとしていた。

「つまるところ何だなあ。お京は直次郎と子まで生したものの、飴売りをして亭主と子供を支えねえといけなくなった。直次郎ってえのは好い奴なんだろうが、付きに見放されたっていうか何というか、まったく困った奴だ……」

と、顔をしかめたかと思うと、

「それでも飴売りの女の話が本当なら、そういう苦労が実を結んで、甘酒屋を開くまでに漕ぎつけたってことになる。まずはめでたしってところだな」

などと満面に笑みを浮かべ、

「だが、そうなると直次郎がどうしているかが気になるな。夫婦で仲よく甘酒屋を切り盛りしているなら言うことはないが、一度不運に見舞われると疫病神（やくびょうがみ）はついて回るからよう。貧乏な百姓の家に生まれて、親兄弟のために水茶屋に年季奉公に出たんだ。この先は、女に生まれてきてよかったと、思ってもらいてえもんだ……」

やがて、しみじみとお京の幸せを願う。

又平は、こんなところにも栄三郎の強い想いが、誰かに投影されているような気がするのだ。

永代橋(えいたいばし)を渡って、さらに八幡橋(はちまんばし)を渡ると、一の鳥居が見えてくる。この辺りが黒江町である。

栄三郎は又平と二手(ふたて)に分かれて甘酒屋を探した。

まず半刻(はんとき)(約一時間)ばかり探索して、一度鳥居の下で落ち合うことにした。

先に見つけたのは又平であった。

西念寺(さいねんじ)の東側にある小体(こてい)な店だが、入れ込みの床几(しょうぎ)には緋毛氈(ひもうせん)が敷かれてあり、壁に掛けられてある錦絵(にしきえ)ひとつとっても、なかなかに洒落(しゃれ)ている。

甘酒屋はここしか見当たらなかったので、又平は少し離れた辻(つじ)へ出て、

「お京さんの甘酒屋は、このまま真(ま)っ直(す)ぐ行ったところでしたっけねえ……」

と、何人かに訊ねてみた。

「お京さんかどうかは知らないが、真っ直ぐ行ったところに甘酒屋はありますよ」

と、応(こた)える者もいたが、

「お京さんの甘酒屋なら、すぐそこですよ」

と、指し示してくれる者もいて、そこがお京の甘酒屋であることは明らかとなった。

栄三郎は又平を鳥居の下に待たせて、店に入って甘酒を飲みつつ、中の様子を探っ

てみた。

店には三十過ぎの女将(おかみ)がいた。

細面で痩身(そうしん)、目も細く、唇も薄いが、形よく通った高い鼻が、何とはなしに男心をくすぐるような――。

正しく新見一之助が語ったお京の容姿にぴたりと当てはまる。

栄三郎が入った時は、お京の他に小女が一人いて、五人ばかりいた客を相手に店を切り回していた。

「女将、よい店だな……」

栄三郎がにこやかに声をかけると、

「どうぞご贔屓に……」

お京は、小さな声で笑顔と共に応えた。

如才(じょさい)のない仕草は、長年客商売をしてきた軌跡を思わせたが、同時に不幸に取り憑(つ)かれる女の哀れをも醸(かも)していた。

店の内には、男のいる気配がなかった。

少し愁(うれ)いを含んだ色気のある女将が、小女一人を置いて甘酒屋を開いている。そんな風情(ふぜい)がした。

――直次郎はどうなったんだ。

夫婦で店を切り盛りしている様子はないのが気になる。

客も小女相手に軽口を叩いている遊客風がほとんどだ。深川の盛り場が近いゆえだろうが、甘酒で滋養をつけて繰り出す前に、隙あらば女将を口説いてやろう、などという男達に見える。

土間の暖簾口の向こうは、住居になっているようだ。

じっと目を凝らすと、小さな塗下駄が框の下に見えた。

恐らく直次郎との間に生まれた娘の物であろう。なかなかの上物で、お京がかわいがって育てている様子が窺える。赤い鼻緒が、どこか哀しげに見えた。

「代は置いておくよ……」

この日はまず、ここで店を出た。

これからのこともあるので、又平にも店の様子を見させておこうと、鳥居の下へ行くと、栄三郎が店に入っている間、又平はもう甘酒屋の評判を聞きつけていて、

「旦那、どうやら甘酒屋は、女将一人で切り回しているようですぜ」

と、耳打ちした。

「てことは、亭主の直次郎は……」

「よくわかりませんが、女手ひとつで娘を育てているとか」

栄三郎は、又平を甘酒屋へ送り込むと、近くのそば屋へ入った。

処の遊び人風の男が、天ぷらで一杯やりながら、上機嫌で誰かれ構わず話している姿を見かけたからだ。

栄三郎は、男の傍に腰をかけ、そば掻(が)きとかまぼこでちびりちびりやりつつ、

「おぬしは、この辺りのことには詳しいのかな」

と、武士の威厳(いげん)を見せつつ話しかけた。

「へへへ、この辺りのことなら何だって訊いておくんなさいな」

存外に陽気な男である。

「そうか。まあ、おれのをやってくれ」

栄三郎は、すかさずぬるめにつけたちろりの酒を注(つ)いでやる。

「こいつはかっちけねえ……」

「いや、最前近くに甘酒屋があるのを見つけたのだが。少し来ぬ間に変わったものだと思うてな」

「ああ、あの、ちょっと色っぽい女将がいる甘酒屋ですかい。旦那も隅(すみ)に置けねえなあ……」

「ははは、下心などあるものか。どうせ亭主持ちであろう」

「いや、亭主はいませんぜ」

「そうなのか？」

「ほうら、やっぱり気になっていなさるんだ」

「からかうな。だが娘がいると聞いたぞ」

「へい、まだ、七つか八つくらいの娘がいるみてえでさあ。娘がいるってこたあ、亭主がいるってことだが、そこは理由（わけ）があって別れたんでしょうよ」

「死に別れか？」

「その辺りのことは、誰が訊いてもうまくはぐらかすそうで。まあ、そういうよくわからねえところがまたそそられるってことでね。甘酒屋に熱をあげている連中も少なくねえって話ですぜ。旦那、後れをとっちゃあなりませんぜ……」

「ああ、しばらく通ってみることにしよう」

栄三郎は、笑ってそば屋を出たが、どうも気分が悪かった。

新見一之助が、幸せに暮らしているならよいがと願うお京は、直次郎がしでかした騒動で、飴売りとなって良人（おっと）と子を支えた。

そして、その甲斐（かい）があって、深川に甘酒屋を出すまでになった。

ところが、甘酒屋には直次郎の姿はなく、お京とは夫婦別れをしている様子である。

この間、直次郎に何があったか。それがわからないのがすっきりとしないのだ。

男振りがよく、人から慕われていたとはいえ、直次郎は分別もなく博奕にのめり込むやくざな男である。

やがてお京は、直次郎に対して不満が募り、夫婦別れをした後、我が子のためにと懸命に働き、ついに甘酒屋を出すまでになった――。

それならばよいのだ。

お京ならば、いつかまたしっかりとした男を良人に出来るであろう。

だが、それが悲しい別れで、世間には娘と二人で暮らしているとしながらも、直次郎を忘れられずにいるならば幸せとはいえぬ。

一之助はしばらく野暮用があると言っていたから、彼が次に訪ねて来るまでの間に、直次郎の事情を確かめておきたかった。

とりあえず栄三郎は、甘酒屋に通ってみることにした。

そこは栄三郎のことである。その辺りの野暮ったい客達とは格が違う。

近頃この辺りに住む御大尽（おだいじん）の厄介になっている退屈な浪人の触れ込みで、

「ここの甘酒を飲むと元気が湧くが、湧いたところでそのやり場もないゆえ、考えものだな……」

などと言っては小女を笑わせて、

「楽しくて、やさしい旦那」

となるのに三日もかからなかった。

その間に、お京の娘を見ることも出来た。

お京は、店には出さぬようにしているのだが、七つの娘は母親の手伝いをしたがるので、時折奥から店先に顔を出すのだ。

名はおすずという。

おすずもまた、栄三郎にすぐ親しんだ。手習い師匠の手にかかれば、幼女を笑わせることなど何でもない。御伽噺に栄三郎流の解釈を交えて話してやると、他の客までもが聞き入って腹を抱えたものだ。

お京はというと、いつも静かに笑みを湛えて見守るように店の片隅に立っていた。

馴れ馴れしく喋るような真似はしないが、栄三郎に警戒を示していないように思われた。

水茶屋に暮らし、飴を売り、甘酒屋を営むお京である。会ってすぐに、相手の人となりが読めるくらいの技は習得しているはずだ。

それが警戒を示さないのだから、少しは話にもなるはずだ。

通ううちに、栄三郎の目にはお京が決して今の暮らしに満足していない風に映った。

さらに、甘酒屋に通うようになってから、栄三郎は何者かの鋭い目が自分に向けられている。そんな殺気を覚えていた。

帰り道をつけられるまでには至っていなかったが、通い始めて四日目に、永代橋の上で黒い人影を覚えたので、念のため橋を渡ると、亀島川と大川の間の埋め立て地である〝こんにゃく島〟の盛り場へと立ち寄った。

今は呉服店・田辺屋で男衆として立派に暮らす、勘太、乙次、千三は、かつてこの辺りでは〝こんにゃく三兄弟〟と呼ばれてよたっていた。

それが、秋月栄三郎によって懲らされ改心して、剣の弟子にもなっているのだが、

「先生、いざという時は、この店を使ってやっておくんなさい」

と、何度か連れて来られた居酒屋がこの界隈にあるのだ。その名もまた〝こんにゃく〟というのだが、ここの四郎吉という主人は〝四番目の兄弟〟と言われる暴れ者だったそうで、三兄弟の影響で栄三郎に心酔している変わり者なのである。

栄三郎は店に入るや、抱きつかんばかりに出迎える四郎吉に、

「ちょいと裏から出してくんな」

と耳打ちして、違う着物に着替えさせてもらい、編笠を借りて、そっと裏路地を抜けると水谷町へと帰った。

影は見事にまいたと思われたが、

「又平、ちょいとややこしくなってきやがったぞ。褌を締めてかからねえとな……」

久しぶりに栄三郎の顔に凄みが表れていたのである。

四

一日を置いて、秋月栄三郎は昼からまた、深川へと出かけた。

おかしな連中につけられていないか、細心の注意を払ってのことだ。朝の間降っていた雨はあがっている。

傘を手に黒江町の甘酒屋へ入ると、

「あら、いらっしゃいまし……」

お京は一日置いたからか、少し嬉しそうな表情を浮かべて栄三郎を迎えた。

昼下がりの今時分は客足が衰（おとろ）える。これはこの数日で調べ済みだ。ちょうど、客もなく小女も店に出ていなかった。

栄三郎は、頃やよしと勝負に出た。

「今は誰もおらぬゆえ白状するが、おれは昔谷中の水茶屋に、女将目当てに何度か行ったことがあるのだ」

そう切り出したのである。

「はて……」

驚きと共に、まず思い出そうとするお京を制して、

「よいのだ。通ったというほどのものではなし、いつも隅で茶を飲んでいただけの男だ。覚えているはずはない」

「左様（さよう）でございましたか……」

「案じることはない。女将の昔を言い立てるつもりもないし、今さらそなたをどうこうしようなどと思うてはおらぬよ」

「わたしにも人を見る目がございます。旦那が悪い人だなどとは決して……」

「ああ、おれはろくな者ではないが、悪い者ではない。ただ、この辺りに来てまだ間

がないゆえ、人恋しゅうての。時折、軽口を叩く相手を求めたところ、お京というあの日の茶立女が目の前にいた。それが何やら懐かしゅうてな」

栄三郎はにこりと笑った。

お京の表情に大きな安堵が浮かんだ。自分の昔を知りながら、こんな時を窺って、気遣いつつ話してくれる武士がいる。しかも、決して怪しい浪人でもない。

何もないような顔で客を捌いていても、そこは女手ひとつである。色んな不安がつきまとうのであろう。

栄三郎は女の弱さを垣間見せたお京の不安には、やはり直次郎が影を落しているのであろうと瞬時に見てとり、

「その頃は、今よりもなお、しがない浪人者でな。後で直次郎という魚売りが、お前さんを請け出したと聞いて、羨ましがったものだ」

ほのぼのとした口調で言った。

お京の表情に屈託が出た。

「余計なことを言うが、亭主とは別れてしもうたのかな」

お京は、しばらく言葉を探していたが、

「そのことは、どうかお訊きにならないでくださいまし……」

やがて消え入るような声で応えた。

「これはすまなんだ。羨ましい男のその後が気になったが、男と女には本人同士でないとわからぬことが多々ある。それをわかっていながら、くだらぬ問いかけをした」

栄三郎は、声に温かみを加えて、

「だが、こうして女将に会えたのも何かの縁だと思うておる。おれも、名乗るほどの者ではないが、少しは人助けをできる身となった。何か困ったことがあれば話してくれ」

そのように言い置くと店を出た。

表に出る刹那、栄三郎は黒い影が走り抜けたような気配を覚えた。

何者かが、栄三郎がお京と二人でいるのを察知し、聞き耳を立てていたのではなかったか――。

まだ夕刻になったばかりだが、空には黒雲が漂い、またぽつりぽつりと雨が降ってきた。

栄三郎は、ぐっと奥歯を噛み締めると、永代橋には戻らずに、傘を片手に木場に向かって歩き出した。

幾条もの堀が続き、橋が架けられている、水郷地帯の木場は静まり返っていた。

材木商が構える贅沢な邸宅を囲む生垣が合間に見え、手入れの行き届いた庭木が覗いている。

そこで暮らす連中にはどうでもよい男と女の話かもしれぬが、ささやかな幸せさえも踏みにじる奴らを、栄三郎は決して許さない。

その信念がますます湧き立ってきた。

今、栄三郎は黒い影の正体を確かめてやろうと、自ら危ない橋を渡っていたのだ。

江島橋をやり過ごすと、材木が高く積みあげられている一画に出た。

栄三郎は、ここで立ち止まった。

雨は勢いを増している。

その水音に負けまいと、

「ここなら誰も見ていねえぜ。出て来やがれ！」

栄三郎は振り返りながら一喝をくれた。

今日はしっかりと綿の袴をはいていた。或いは今日、何かしらの波乱があるかと思っての用心であった。

しばしの沈黙が続いたが、やがて積み上げられた材木の陰から、菅笠を被った三人の男が現れた。いずれも町のやくざ者の風情である。

その姿を見た途端、日頃は争闘を避ける栄三郎が、やにわに抜刀するやこ奴らめがけて斬りつけた。

いきなりのことに、三人は慌てた。

何といっても、気楽流・岸裏伝兵衛の門下にあって、十五年の間内弟子として暮らした剣客である。

真剣を手に迫る凄みは、その辺りのやくざ者には恐怖でしかない。

栄三郎はそれが狙いである。真ん中にいた兄貴格の男に、峰打ちで足払いをかけると、尻もちをついたそ奴の喉元に白刃を突きつけた。

他の二人は、懐に呑んだ匕首に手をやったが、これを抜くに抜けず降りしきる雨の中、懐に手を入れたまま立ち竦んだ。

「さあ、理由を聞こうか……」

栄三郎は、低い落ち着いた声で問うた。

「お、お前さんが、甘酒屋に出入りする客にしちゃあ、見慣れねえ顔だと思ったんですよう……」

兄貴格の男が応えた。三人は栄三郎の命を狙いに来たというより、こ奴は何者かと思って、跡をつけてきたようだ。それほど腕が立つとは思えなかった。

「馬鹿野郎！　処の者しかあの甘酒屋には入っちゃあいけねえとでもいう決まりがあるのかい！」

栄三郎は、白刃を男の喉に押し当てた。

動いたら首が斬れる。そのまま男は何も言えなくなった。

傍の一人が見かねて、

「そういうわけじゃあねえんだ……、旦那も奴のことで探りに来ていなさるのかと思って……」

相変わらず懐に入れた手を抜けぬまま言った。

「だからよう、奴ってのは誰だ。言ってみろい！」

「な、直次郎のことですよう……」

栄三郎が白刃を首から少し離してやると、やっとのことで兄貴格が口を開いた。

「直次郎？　お京の別れた旦那のことかい」

三人は、恐る恐る頷いた。

「直次郎はお京と手が切れているんじゃあねえのかい」

「そういうことになっているんだが、どうもわからねえんですよ」

「表向きには別れたことになっているが、本当のところは、そうじゃあねえと？」

「へい。それで旦那が、繋ぎ役になっているんじゃあねえかと思って……」

「おれを叩けば、直次郎の居処が知れると思ったってわけだな」

三人はまた、恐る恐る頷いた。

「馬鹿野郎……！」

栄三郎はどすの利いた声で恫喝した。

「おれは、随分前からお京を狙っていたんだよう。それを直次郎に攫われちまったが、またばったりとお京に出会って今度こそはと……。お前ら、それを邪魔しようてえのかい」

三人は忙しく首を振った。

「おう、そこの二人。お前らの懐の中に何が入っているかは見当がつくが、いいから抜いてみろよ。匕首を持ったままその手を斬り落してやるからよう！」

栄三郎は、言うや兄貴格の傍に立てかけられてあった細身の丸太を真っ二つに切断してみせた。

二人は懐から手を出し、何も持っていないと広げてみせた。

「女を口説こうとして、くだらねえ奴らにつけ狙われたんじゃあ、たまったもんじゃあねえや」

「わ、わかりやしたよ……。旦那が直次郎と関わりがねえってことはわかりやしたよ」

「そうかい。まあ、間違いは誰にもあることだ。この先、おれが甘酒屋に行くのを邪魔しねえっていうのなら、今日のことは忘れてやろう」

「本当ですかい」

「ああ、お前らを斬ったところで何の得にもなりゃあしねえ。だが、ひとつ聞かせろ。直次郎は何をやらかしやがったんだ？」

「そいつは……」

「案ずるな。余計なことは言わねえよう」

「へい……。それが、いかさま博奕をやらかして、そのまま消えちまいやがったんでさあ」

「いかさま博奕だと？　奴は博奕好きだと聞いていたが、そんなことをやらかしたのかい」

「それで、うちの親分が怒っちまいまして……」

「腕の一本もへし折ってやるから、野郎を連れて来いってか。ふん、よくある話だな」

「親分の名はご勘弁願いやす」

「そんなもん、聞きたくもねえよ。そうかい、いかさま博奕をやらかしたのなら仕方がねえな。腕の一本へし折ろうが、ぶっ殺そうが好きにしな。こちとら恋敵が消えて、せいせいすらあ」

栄三郎は吐き捨てるように言うと、

「二度とおれの前にその面あ出すんじゃあねえぞ。今日のことはきれいに忘れて、明日からは赤の他人だ。あばよ……」

栄三郎は納刀すると、傘を拾い上げその場から立ち去った。

三人は、ほっとした顔で栄三郎を見送った。

栄三郎の物言いは堂々としていて、三人に直次郎の繋ぎ役でないと思わせるに十分な演技であった。

三人の目からはただお京に惚れているだけの浪人ではなく、世の中の裏に通じているように思えた。

直次郎を狙う三人と、直次郎が恋敵である栄三郎は、手を組んでもよい間柄でもあるのだ。

「おう、とりあえず今日のところは引き上げるしかねえな……」

やがて濡れそぼった着物を忌々しそうに叩きつつ、兄貴格の男が立ち上がった。

「だが三造兄ィ。あの浪人を放っておいていいんですかねえ」

一人が顔をしかめた。

「放っておくしかねえだろう。奴がお京にどこまで惚れているかはよくわからねえが、直次郎の居処までは知らねえはずだ。それに、下手すりゃあばっさりやられるぜ」

兄貴格は三造というようだ。

今は栄三郎の迫力に圧されて下手に出ていたが、他の二人同様、笠の下から覗く顔は凶暴と狡猾が合わさった醜悪なものである。

抜かれた毒気もすぐに戻ったようで、

「だが、あの浪人、うまく使えりゃあいいな……」

三造はニヤリと笑いながら歩き出した。

木場から立ち去る三人を、積まれた材木の上からそっと見ている男がいた。

――ふん、間抜け野郎が。

又平である。

栄三郎に危機が迫れば、ここから礫を見舞ってやろうと忍んでいたのだ。

やがて又平は、身軽な体を翻(ひるがえ)して、三人が去っていく方へと歩みを進めていった。

五

「そうか……。そんなことになっていたのか。栄さん、大変な思いをさせてしまったね。勘弁してくれ……」

新見一之助は嘆息(たんそく)して栄三郎に詫びた。

三造達との一件があった翌日。栄三郎は又平とあれこれ打合せつつ、深川行きを止めて様子見をすることにした。

そしてその翌日に、一之助が野暮用を済ませたと、栄三郎の許に訪ねて来たのである。

「栄さんを襲った奴らは、いったい何者なんだろうな……」

「はっきりとはわからないのだが、三人の内の兄貴格の男は三造……」

「三造……」

「本所緑町(ほんじょみどりちょう)にある〝板(いた)くら〟という料理屋にいるらしい」

栄三郎から思わぬ脅しを受けた三造達の跡を、又平は雨の中密かにつけた。すると件の料理屋に三人は入っていった。

表からではなく裏木戸から入ったところを見ると、ここは勝手知ったる店であるようだ。

裏木戸を三度叩くと、木戸は内からすっと開いた。その時に、

「三造だ。開けてくれ」

という声を聞き、三人が入り木戸を閉められた後、木戸に張り付くと、

「親分は帰っていなさるかい」

同じく三造の声が聞こえた。又平の目からは、どこかの親分が陰で金主となって、出しているような店に映った。

又平の技をもってすれば、いとも容易く、塀を越えて侵入も出来たが、得体の知れないところにいきなり忍び込むのは気が引けた。

ひとまずその情報だけを摑んで、栄三郎の許へと戻ったのである。

今、それらの話を栄三郎から聞いて、一之助は腕組みをしている。

「その三造が親分と呼んでいた男が、お京の店で待ち伏せて直次郎を捕まえようとしているわけだな」

「直次郎がいかさま博奕をやりやがったと息まいているそうだ」

「いかさま博奕か……。それが本当なら身から出た錆だが、何か理由があるのかもしれないな。栄さん、ほんにすまないことをした。実は、直次郎らしき者が深川界隈でうろうろしているのを見かけたという噂が、おれの耳に入っていたんだ」

「直次郎が深川に……」

「確かな噂でもなかったし、商売替えでもしたのかと気にもならなかったので、言うのをうっかりと忘れていたんだ。それにこれほどまでに、栄さんが動いてくれるとは思ってもみなかったのでね。いや、すまぬ」

一之助は、短い間にお京と直次郎の軌跡を調べあげ、直次郎を狙う連中を捉えて事情を吐かせた栄三郎の手腕に感じ入った。

「ははは、お京の今を探るのはわけもなかったんだが、直次郎がここまでおかしなことになっているとは思いもよらなかったよ」

一之助は神妙に頷いて、

「栄さん、この上危ない目に遭わせるわけにはいかない。ここまでわかれば十分だ。あとはおれがあれこれ伝手を頼って探ってみるから、どうか手を引いておくれ」

と恐縮の面持ちで言った。

「いや、ここまできたら乗りかかった船だ。まず任せてくれ」

栄三郎はひとまず直次郎の行方を探ってみないと気が済まなくなっていた。

「いや、しかし……」

「一さんは、そっと見守っておやりな。それが何よりだよ」

お京が、もし今でも直次郎と通じていたとすれば一之助のやさしい気持ちが、夫婦の間に波風をたてるかもしれない。栄三郎はそのように考えていた。

その想いがわかったのであろう。

「そうだな。すまない……。ここは栄さんに任せよう。だが、直次郎のことが知れたら、すぐに繋ぎをつけてくれ」

一之助は、しばらくの間は大傳馬町二丁目の旅籠〝近江や〟にいると告げて、

「栄さん、今度のことは恩に着るよ。真に忝い」

と、威儀を正した。

栄三郎の目には、一之助の体がまた少し痩せたように映った。

――やはり、体の具合が思わしくないのかもしれない。

それゆえ余生への不安が、お京への想いとなっているのだとしたら、せめて昔馴染として親身になって助けてやりたい。

栄三郎は、しっかりと胸を叩いて、その日から直次郎の行方を追ったのである。

直次郎がうろついているのを深川で見かけた――。

新見一之助が聞きつけたその噂は、用心棒稼業を続ける一之助のことであるから、所謂(いわゆる)〝玄人筋〟からのものであろう。

それならば、栄三郎にも強い伝手があった。

深川の裏町を仕切る香具師(やし)・碇(いかり)の半次(はんじ)であった。

元は〝うしお一家〟の身内で、その男気を元締の吉兵衛(きちべえ)にかわいがられた。しかし、吉兵衛は乾分(こぶん)の権三(ごんぞう)に毒殺され、権三は跡目に直り、自分に疑いの目を向ける半次をも殺そうとした。

しかし権三は、南町奉行・根岸肥前守(ねぎしひぜんのかみ)の手によって一味共々捕(とら)えられた。

この一件には、栄三郎と又平が深く関わっていた。又平の無二(むに)の友・駒吉が、借金に縛られ、当時権三の許で忍び働きをさせられていて、このことを突き止めた又平の頼みを受け、栄三郎が田辺屋宗右衛門の力を借りて、肥前守に直訴したのが発端(ほったん)であった。

権三一味の壊滅によって駒吉は、一年の江戸所払いを科されたものの、悪の縛りから逃れられて、今は瓦(かわら)職として立派に暮らしている。

そして、深傷（ふかで）を負い権三から身を隠していた半次も助け出され、〃うしお一家〃を元の侠客が集う香具師の一家としたのである。

この一件は、秋月栄三郎、又平、さらに奉行である根岸肥前守の義侠によって収まったといえるが、表向きは権三一味の悪事を見かねた肥前守がこれを一掃したと世間には伝わっていた。

だが、豪胆と細やかな気遣いを同時に持ち合わせている半次である。時が経つに従い、秋月栄三郎の影が見えてきて、

「秋月の旦那とお近付きになりてえものだ」

と思うようになり、去年の秋に居酒屋〃そめじ〃の女将・お染を通じて宴席が設けられた。

お染は、かつて深川で鳴らした売れっ子芸者で、半次とは顔見知りであったのだ。

この時の宴（うたげ）では、あの日の〃権三捕縛〃の一件について互いに腹に一物（いちもつ）あるものの、それを一切（いっさい）口にせず、

「一度、旦那とこうしてお会いしたかったのでございますよ」

「元締に見込まれるとは、おれも大したものだ……」

などとたちまち打ち解け、以来交流が始まっていたのである。

それでも栄三郎は、いきなり半次を訪ねたりはせず、〝そめじ〟でお染にすべてを打ち明けた上で、

「直次郎って男が、本当に深川界隈にいるなら、蛇の道は蛇だ。〝うしお一家〟の元締なら、すぐに居処くらいは摑めるだろう。お染、お前、頼んじゃあくれねえかい」

まず話を通したのである。

半次との間をうまく繋いでくれたのはお染である。未だに深川では〝染次姐さん〟を慕う者は多い。お染を飛ばして半次に会うことは、栄三郎の本意ではないのだ。

「何だい。わっちが間に入ったんだ。勝手に会って話しゃあいいじゃあないか」

お染は面倒そうに言うが、声は弾んでいる。

深川辰巳の売れっ子芸者が、京橋で居酒屋を構えて、もう五年以上にもなる。

芸者の頃のしがらみから離れて気楽に暮らしてはいるが、故あって別れてしまったかつての想い人・礼次の動向は未だ知れず、日々変わらぬ暮らしの中に物足らなさを覚えているお染である。

自分を信じて秘事を打ち明けてくれる、栄三郎の気遣いが嬉しくて堪らないのだ。

「未だにわっちを頼らなきゃあならないなんて、栄三さんも、まだまだだねえ……」

憎まれ口を利きながらも、相変わらずの気風のよさで引き受けたのだが、

「栄三さんは放っとけないんだねえ……」

「用心棒をしていた頃は、何度も一之助の奢りで飲ませてもらったからなあ」

「違うよ。その、お京さんて人だよ」

「何言ってやがるんだ。これはおれの昔馴染が、前にあれこれあった女で……」

「そんなことはわかってるよ。でも栄三さんは、そういう親兄弟のために身を捨てた女にはやけにやさしいんだよ。どこの誰の影を見ているのかはしれないがね……」

　お染はそう言って栄三郎をからかった。

　互いに誰よりも心を許せる男であり女である二人だが、それぞれ心に思う相手の存在が大き過ぎて恋にならない。

　それでも特別な相手であるだけに、お染はやはり栄三郎の心を支配する女のことが気になるようだ。

　思えば栄三郎が、旗本・永井勘解由の養嗣子の姉である萩江を、苦界から救い出さんとした時も、事情を知る女衒を紹介してくれたのはお染であった。

「誰の影も見ちゃあいねえよ。おれは女をいたぶる奴が大嫌いなだけなんだよ」

　栄三郎はうそぶいたが、確かに栄三郎はお京に萩江の姿を重ねていたから、どうも歯切れが悪かった。

「まあいいさ、そんなことは。だが栄三さん、半次の元締には頼んでおくが、その応えは元締から直にお聞きよ。きっと喜ぶからさ」

お染も、笑顔が消えた栄三郎をいつまでもからかうつもりはなかった。

栄三郎の頼みを聞いたお染は、翌日には店を放り出し、滝縞模様の単衣に夏羽織を肩にすべらせて深川へ出かけた。

「栄三の旦那らしいねえ……」

すっかりと元締の貫禄を身につけた半次は、お染を通して頼み事をしてきた栄三郎に胸を打たれて、直次郎捜しを快諾すると、ただの三日で情報を掴み、佐賀町の船宿に栄三郎を迎えた。

「よくぞあっしを頼ってくださいましたねえ……」

栄三郎が訪ねると、半次は年来の恋人に会ったかのような喜びようで、

「大よその察しがつきましたぜ」

少し逸りつつ語った。

「まず、三造という野郎が住処にしているという、本所緑町の〝板くら〟という料理屋ですが、おもしれえことがわかりやしたよ……」

「おもしろいこと？」

「そこは、黒松組の捨松って男が出しているそうですぜ」

黒松組捨松というのは、板橋宿辺りを取り仕切っている博奕打ちの親分であるという。

博奕打ちではあるが、捨松が手を染めている裏稼業は、高利貸、強請り、人買いなどかなり悪辣であるようだ。

そんな男であるゆえに、半次も深川界隈に出張ってくるのではないかと気にはなっていたのだが、

「栄三の旦那のお蔭で、近頃は本所緑町の料理屋に住んで、ここを出城にしてやがったことがわかりやしたよ」

〝板くら〟は深川一帯からほど近い。何を企んでいるか気にはなるが、料理屋を出してそこに遠出をした時は泊まるようにしているだけならば、〝縄張り荒らし〟とも言えまい。

「ですから、あっしらも下手に手出しはできやせんが、直次郎を追いかけているのは、いかさま博奕をされて頭にきているからではなく、口封じのためじゃあねえかと……」

「口封じ……？」

「直次郎の博奕のうまさは、ちょっとした評判になっておりやしたが、魚河岸の一件からこっちは賭場に姿を見せなくなりやした」

「魚河岸の賭場での一件を知っているのかい」

「へい、そりゃあもう一通りは」

「さすがだな」

「まあ、それが稼業でございますからね」

あの一件で問屋の息子を死なせてしまった直次郎は、日本橋界隈から姿を消した。それからは芝神明で飴を売るお京と娘と共に暮らしていたはずだが、お京が甘酒屋を出した折には、夫婦別れをしていた——。

栄三郎がそれを告げると、

「付いてねえ身を拗ねて、また博奕に手を出したのかもしれませんねえ……」

半次が言うには、板橋の賭場で壺を振る直次郎の姿を見かけた者がいたというのだ。

「板橋……。黒松組が、直次郎の腕に目を付けて、壺を振らせたってわけか」

「へい。そうしていいかさまをさせておいて、口を封じようとしたが逃げられたってところでしょう」

「なるほどな。汚え奴らだ。で、直次郎は今深川に隠れているのかい」

「そのようで。女房子供の顔を見ようとやって来たものの、黒松組の奴らに張られていると気付いて身を隠したんでしょう」

「どこに隠れているか。そこまで突き止めてくれたのかい」

「板橋の連中にはわからねえだろうが、ここには人助けが道楽の、やくざな坊主がおりやしてねえ」

「わかった。源信寺の和尚だな」

「へい。女房子供に会いたくて深川にきたものの、狙われているのに気付いた。それで和尚の噂を思い出して駆け込んだようですぜ」

半次はニヤリと笑った。

源信寺の和尚は、芳秋という大酒飲みの生臭坊主であるが、面倒見がよく俠気があり、深川の貧乏人達からの尊敬を集めていた。

かつて半次が、元締の吉兵衛の死を権三の仕業ではないかと怪しみ、逆に襲われて瀕死の重傷を負った時、半次を寺の観音堂に匿ったのが、この芳秋であった。

「そのことを栄三の旦那はご存じでしょう？」

口には出さねどその言葉を匂わせて、半次はニヤリと笑ったのだ。

「直次郎は博奕好きで、この深川界隈にも足を延ばしていたってえますから、そこで和尚の噂を聞いていたんでしょうねえ」

「それはよくわかるが、直次郎を匿っていることを、和尚がよく打ち明けたものだな」

「そこは、あっしと和尚の仲でござんすよ。あっしに頼みごとをしてこねえのがちょいと癪ですがね」

「碇の半次なら、悪いようにはせぬというところか。大したものだな、元締」

「なあに、ちょいと気が合うだけのことで」

「直次郎と会えるかな?」

「へい。話を通しておきやしょう。何ならあっしが一緒に参りやしょうか」

「それには及ばぬよ。そんなことをしたら、〝うしお一家〟が〝黒松組〟に恨まれるかもしれぬ」

「恨まれたっていいですぜ。筋違いは捨松の方ですからねえ」

「だが、それじゃあ大きな借りだ。知らぬ振りをしておいておくれ」

「へい。やっぱり旦那はおもしれえお人だ……」

半次は、実に楽しそうな顔を栄三郎に向けた。

「それで、直次郎を助けて、女房子供と暮らしていけるようにしてやるおつもりで？」

「ああ、直次郎の話次第ではな」

「いってえ、どんなお人が取次を頼んだんでしょうね」

「用心棒をしていた頃の友達だ。手前が生きている間に、昔惚れた女が幸せに暮らしているのをそっと確かめておきたいそうだ」

「さいでやすか。そいつはほんに、近頃好い話でござんすねえ……」

碇の半次はうっとりとして頷いたのである。

六

「ほう、お前さんは、好い人相をしておるな」

源信寺を訪ねると、和尚の芳秋は半次から話を聞いて、秋月栄三郎と会うのを楽しみにしていたようで、顔を見るやこう言った。

噂通りの生臭坊主で、昼間というのに既に吐く息は酒臭かった。

「名に負う和尚に誉められて、嬉しゅうござるよ。これは酒代でござる」

栄三郎は、新見一之助からもらっていた金の中から二分を包み、〝御布施〟として渡した。

「碇の元締の存じよりならば、遠慮のうもろうておこう。直次郎は観音堂の中におる。こ奴もなかなか好い人相をしておるぞ。今は運を取り逃しておるがな」

芳秋は、布施を掲げると懐にしまい、観音堂まで案内してくれた。碇の半次がいかに信頼されているかがよくわかる。

「直次郎、御仏の遣いが参ったようじゃぞ」

芳秋は、中で小さくなっている三十半ばの男に低い声をかけると、

「他にも二人ばかり匿うておる。早う連れ出してやってくだされ……」

栄三郎の肩をぽんと叩いて本堂へ戻っていった。

「ふふふ、おもしろい坊主だな」

栄三郎は、頰笑んだ。

「直次郎だな」

「へい……」

芳秋が会わせる男である。確かな人だと思いつつも、不安に嘖まれていたのであろう。栄三郎の人懐っこい笑顔を見て、直次郎は不精髭だらけの顔を、ほっと和ませ

た。

「おれは、お京という女の幸せを願う、ある人から頼まれてな。甘酒屋の様子を見に行ったところ、お前の仲間じゃあねえかと勘違いされた。そこで一悶着あったわけだが、お前、いかさまをやらかしたそうだなあ」

「いかさまはやっちゃあおりやせん。だがそう思われても仕方がねえ……。まず話を聞いておくんなせえ」

直次郎は栄三郎に縋るような目を向けて吶々と語り始めた。

直次郎は父子二代にわたる魚売りで、幼い時に母親を亡くしたので、この父親によって育てられた。父親は気の好い男であったが、博奕好きで、玩具代わりに賽を振りつつ、直次郎を育てたという。

それゆえに、直次郎は十の時には好きな目を出せるようになり、壺を振らせれば、その辺りの博奕打ちよりも巧みに操る腕前になっていた。

だが、余りにも博奕に才を見せる我が子を恐れ、父親はくれぐれも博奕で食っていこうとするな。そんな男には幸せがやって来ないものだと言い聞かせ、直次郎が二十歳の時に死んだ。

周りに目を向けると、父親の言っていたことは正しかった。直次郎はその言葉をよく守り、魚売りに励んだ。

とはいえ魚河岸には俠気に溢れた男達が集い、誰もが博奕のひとつもする。元来博奕好きの血を引く直次郎は、付合いで賭場へ出入りするようになり、次第にその博才を認められるようになった。

それでも父親の教えは守り、遊びに止めて決して大勝ちせず、勝ってしまえば次にわざと負け、うまく身を守っていた。

だが、やがて直次郎はその博才を存分に使うことになる。谷中の水茶屋で、お京という女を見初めてしまったのだ。お京は、美しかったという死んだ母親の、かすかに記憶に残る面影を持ち合わせている女であった。

通ううちに、お京は情夫と別れた悲しさ空しさを埋めようとしてくれる直次郎の情にほだされていった。

それでもお京には二十両足らずの借金があった。自由の身にしてやるためには金がいった。

直次郎はついに勝負を懸けた。そして天性の博才は彼を裏切らず、小博奕で勝った二両を元手に賭場に出て、出る目出る目を読んで勝ち続け、ついに二十両を稼ぎ出したのだ。

大勝負に出ず、気がつけば勝っていた風を装うだけの腕が直次郎にはあったので、悪目立ちはしなかったものの、悠々と賭場で二十両を得て、惚れた女を請け出した姿は、魚河岸中の評判になってしまった。

以来、魚屋仲間から一目置かれるようになり、不運にも魚問屋の息子、仙太郎が賭場の騒動で死んでしまうことになった。

父親が言い遺した言葉はやはり正しかった。

直次郎は、申し訳なさから魚屋を廃業したのだが、それと同時に、このまま魚河岸で暮らせば、博奕指南を求められ、ますます身を持ち崩すと思ったからだ。

お京はそんな良人の苦衷を察して、

「お前さんはしばらくおすずと遊んでやっておくれな。あたしがその間は稼ぎますから」

と、気丈に胸を叩いて、芝神明で飴売りをした。水茶屋にいた頃から客商売には慣れている。十分とはいえないまでも親子三人がつましく暮らしていけるだけの稼ぎを得た。

直次郎も奮起して、水売り、金魚売り、鯉幟売りなどしながら、お京と代わる代わるで娘の面倒を見ながら働いた。

ところが、魚売りを廃業してから、直次郎は何をやってもうまくいかず、お京に頼りっ放しの日々が続いた。

「あたしがこうして働いていられるのも、みなお前さんのお蔭だもの。何も苦にならないよ。それどころか今が一番楽しいよ……」

お京はそう言っていつも笑ってくれたが、直次郎にも男としての矜持(きょうじ)があった。

悶々(もんもん)として暮らすうちに、娘のおすずが病(やまい)に臥(ふ)した。

医者に診(み)せても、ただ滋養をつけるようにと言われるだけで、直次郎は己が不甲斐なさを嘆(なげ)いた。

そんな時に出会ったのが、黒松組の三造であった。

三造は、かつて賭場で直次郎を見かけて、その並々ならぬ博才を見抜いていた。その時、三造におだてられた直次郎は、三造の誘いで一杯やって、調子に乗って賽の腕を見せていたのだ。

三造は、それを覚えていて、

「うちの賭場で壺を振ってくれねえかい。ほんの一日だけでいいんだよ」

と、誘ったのだ。

直次郎は迷ったが、一日務めれば三十両をくれるとのこと。それだけあれば、娘に好い薬も買ってやれるし、何か小商いのひとつも出来ると思い、つい引き受けてしまった。

しかし、三十両という金の額から考えても、これには裏があると、直次郎も端からわかっていた。

かといって病の床に臥す娘、日毎やつれていくお京を見ていると、直次郎はいたたまれずに、これを受けるとお京に三十両を渡し、

「お京、この金でおすずを養生させてやってくれ。それで体が元に戻ったら、何か商売でもやって暮らしておくれ。おれはこれから旅に出るが、きっとお前とおすずの許に帰ってくるから、その間は夫婦別れをしたことにするんだ」

ただならぬ良人の言葉に、お京は驚いて、

「お前さん、まさかまた博奕に手を出したんじゃあ……」

「何も訊かずに、おれの言った通りにしてくれ。二年経っても戻って来なけりゃあ、そん時は、おれのことはきれいに忘れてくんな」

「そんなことができるはずはないだろう！」

「おすずのためには、これが何よりなんだよ！」

直次郎は嫌がるお京を説き伏せて、板橋の黒松組の賭場に向かったのだ。

その日の客に、博奕好きの富商の主がいた。これが腐るほど金を持っている男なので、

「ちょいとこっちに預けてもらおうと思ってよう」

と、親分の捨松が言った。

「おれがうめえこと合図を出すから、勝たすだけ勝たせた後に巻き上げるという寸法よ」

既に金は受け取っている。是非もなかった。

せめて、いかさま賽は使わずに、己が技で壺の目を出してやろうとした。博奕に現を抜かす金持ちから少しくらいふんだくったとて罰は当たるまい――。そんな気持ちが勇気となった。

そして、まんまと富商の客は、巧みな直次郎の腕により、大金を巻き上げられたのである。

直次郎は旅の壺振りの触れ込みであったから、そのまま上尾の宿の旅籠へ姿を隠したのだが、そこで黒松組の乾分に命を狙われる。

賭場に出入りして、人の裏表を覗き見た直次郎である。用心を欠かさずにいたから、何とかその場は逃げることが出来た。

どうやら大損をした客の背後には、湯島の音蔵というとんでもない香具師の大物がいることがわかって、念のために直次郎の口を塞ごうとしたようだ。

「このまま遠くへ行っちまおうと思ったんですがねえ。一目女房子供の顔が見たくて戻ってきたんでございます。行方を探ったところ深川で甘酒屋をしているって話を聞きやした。ところが……」

「お前が甘酒屋に顔を出すんじゃあねえかと、捨松は深川に乾分を張り付かせていたってわけだな」

「へい。それでこの寺の和尚を思い出して、ひとまず匿ってもらったってわけでさあ」

「匿ってもらうのはいいが、これから先はどうするつもりだ」

「何とかして、お京とおすずに一目会って、詫びを入れてからまた旅に出ようかと……」

直次郎は栄三郎に思いの丈をぶつけたが、その表情は悲愴であった。

黒松組の捨松は、何かの拍子に直次郎が、湯島の音蔵の許に駆け込んで、あの日の博奕の全容を白状することが余ほど恐ろしいのであろう。

直次郎の姿を江戸で見かけたという噂を聞くや、必ず直次郎が立ち廻るであろう、お京の周辺を乾分に見張らせ、直次郎が寄ってくるのを待ち構えている。これでは直次郎も近くに寄ることさえ出来ず、思案の日々を送っているのだという。

「旅に出ることはないさ。お京はお前の帰りをじっと待っているよ」

栄三郎の言葉に直次郎は涙ぐんで、

「それは嬉しゅうございますが、あっしなんかと関わっちまったら、お京とおすずにも難儀がかかりましょう」

「そこを何とかするのがおれの仕事さ。考えてもみろ。お前はいかさまをしたわけじゃあねえ。身に備わった技で勝負しただけじゃあねえか」

「だが、黒松組の奴らは酒を飲ませて酔わせたり、偽の客を使って端から巻き上げるつもりだった……。こいつは立派ないかさまでござんす」

「そんな気持ちがあるなら、女房子供を幸せにしてやることだな。とにかく、もうしばらくここで待っていな。悪いようにはしねえよ」

栄三郎は、お京という女が幸せになっているかを確かめるだけの仕事が、ここまでややこしいことになってしまったのに顔をしかめつつ、源信寺を後にした。

「それにしても、捨てる神もあれば、拾う神もいるか……」

昔、苦労をかけたまま別れた女の幸せを願う浪人。女房子供を思いながらも不運がつきまとい逃亡を続ける男。それを匿う物好きな和尚。義俠に生きる香具師の元締……。

「人ってえのはおもしろい……」

何よりおもしろいのは、その間を繋ぐ栄三郎自身であるのだが、当の栄三郎は、金のためにいとも容易く人を騙し、身を守るためには平気で人を殺す、博奕打ちの風上にも置けない黒松組の連中への怒りで充ちていたのである。

七

栄三郎は、その足で大傳馬町の旅籠〝近江や〟に向かった。

新見一之助は、栄三郎を待ちかねたかのように、おとないを知ると、すぐに二階の部屋へ通すよう女中に命じた。

ここは一之助の定宿なのであろうか、部屋は踊り場と廊下に囲まれた角部屋で、密談をするには恰好の場であった。

栄三郎は碇の半次と源信寺の名は伏せた上で、直次郎の今と、黒松組との関わりについて語った。

一之助は、いちいち頷いて、

「そうか、直次郎に会ったのかい。そいつは大したもんだ」

取次の手腕に感じいったかと思うと、

「こんなに面倒をかけてしまうとは思わなかったよ」

先日同様、栄三郎を危ない局面に立たせてしまったようだと詫びた。

その上でしばし黙考し、

「栄さんは、直次郎をどう思う。この先、お京とその娘を幸せにしてやれそうかい」

と、静かに問うた。

「それはわからないが、お京と娘が直次郎の帰りを待っているのは確かだ。それと、直次郎を匿っている味わい深い和尚が直次郎のことを、今は運を取り逃しているが、なかなか好い人相をしていると言ったよ」

栄三郎は、一言一言を噛み締めるようにして応えた。

「そうかい。そんなら、何としても、お京がまた親子三人で暮らせるようにしてやらねばなるまいな。栄さん、ちょいとおれなりに策を練りたいから、三日の後にまた訪ねてくれないかい。それまでは何もせずにゆっくりとしてもらいたい……」

一之助はにこやかに言った。

どんな策を練るのか気になったが、これはあくまでも一之助からの頼まれ仕事である。

「わかった。そんならまた、三日後に……」

栄三郎は黙ってその場を引き下がった。

栄三郎と別れてから、一之助は旅籠には戻らず、方々に足を延ばし慌しく過ごした。

そして二日目の夜。

本所緑町五丁目の料理屋〝板くら〟の裏手に、新見一之助の姿があった。

といっても、店の周りは木立で覆われ、静かな風情の中に店はひっそりと建っている。

こんな雨の闇夜に、一之助の姿を認める者は誰もいまい。

一之助は左手に傘をさし、長合羽に身を包み、頭巾で顔を覆っている。

彼はしばし裏木戸の前に屈みこみ、右手を忙しく動かした。その右手には薄い金具が握られている。金具の正体は苦無の形をした鋸で、あろうことか一之助は、木戸の隙間にこれを差し入れ、潜り戸に設えられた閂を切断しようとしているのだ。

ギリギリと木が削れる音がしたが、木立の葉や、店の屋根、庇を叩く雨がこれをかき消していた。

一之助が何をしようとしているかは亮然である。彼は今、この料理屋に忍び入らんとしているのだ。

この二日の間、下調べは済ませてあった。

裏木戸には木製の閂が掛けられてあるが、形ばかりのものでその内側には、捨松とその乾分達が拠る離れ家がある――。

やがて木戸は開いた。

一之助は音もなく庭へ入ると、長合羽を脱ぎ、傘と共に庭の灯籠の下へと置いた。合羽の下は裁着袴に筒袖の上着。忍びのような装いで、縁に近寄るとたちまち離れ家の雨戸の一枚を外した。

忍び足で廊下に立つと、深夜というのに向こうの一間にぼんやり灯が点っていた。中では、黒松組の親分・捨松が、乾分の三造達四人と酒を飲みつつ悪巧みの最中であった。

「おう三造、まだ直次郎は見つからねえのか」

捨松が仏頂面で言った。

「へい、きっと来ると思うんですがねえ」

「深川で見かけた者がいるんだろう。方々当たっているのかい」

「そりゃあもう」

「奴が見つかったらよう、お京に惚れているって野郎をそそのかして、殺させりゃあいい。そいつは腕が立つんだろ」

「なるほど名案ですねえ。どうせ食い詰め浪人だ。恋敵を殺るのに十両もくれてやれば文句ねえでしょう」

「殺させた後は、隙を見て始末してやりゃあいいさ」

「そのためには腕のいい用心棒を雇わねえといけませんぜ」

「なに、油断させといて毒を盛ってやりゃあいいんだ。食い詰め浪人には、それが何よりだ」

「だが親分、湯島の音蔵はそんなに恐え元締なんですかい」

「見くびるんじゃあねえ。奴に逆ったらえれえ目に遭うぜ。そうでなくても、おれ達に目を付けているっていう噂だ。下手なことをすりゃあ命はねえと思いな」

「そいつはいけねえ……」

「直次郎を殺るまでは、板橋へ戻るんじゃあねえぞ……」

部屋から聞こえくる会話に、一之助は失笑した。

――ふん、外道めが。

呟(つぶや)いた刹那、一之助は腰の刀を抜き放ち、静かに部屋へと入った。

「な、何だ、手前……」

その言葉が終らぬうちに、捨松は血しぶきをあげて倒れていた――。

それからしばし、男達の低い呻(うめ)き声がした後、一之助は再び庭へ出て、長合羽を身につけて傘を片手に裏木戸から出た。

忍び入ってから出て来るまで、ほんの僅(わず)かな間の出来事であった。

一之助は何事もなかったように悠々と雨中を行く。しかし、少し歩みを進めたところで、迫り来る黒い影に身構えた。

「こんなことだろうと思ったよ……」

黒い影は、一之助にやさしい言葉をかけると、横に並んで歩き出した。

「栄さん……」

一之助は嘆息した。

「おれなりに策を練るってえのは、こういうことだったんだな」

黒い影の主は秋月栄三郎である。

「お京が幸せになるには、鬼共を退治するしかあるまい」

「確かにそうだ。奴らを生かしておいては何人もの人が苦しむ」

「わかってくれるかい」

「よくわかる。おれも、長年泥水を飲んできた女のために、鬼を斬ったことがある。こんな雨の日だった」

「栄さんにも、そんなことが……」

一之助の張り詰めた声が和(やわ)らいだ。

「一さんと柳橋で別れてから、少ししてからのことさ。だが、斬ったのは二人だ。一さん、何人斬ったんだい」

「五人……」

「そいつは無茶だ、ははは……」

栄三郎は殊更(ことさら)笑ってみせた。

「確かに無茶だな……」

「無茶だよ」

「これで、直次郎をつけ狙う奴はおらぬはずだ。板橋の乾分達も、捨松が殺されたのは湯島の音蔵の怒りを買ったからだと思って散り散りになろう」

「湯島の元締は、直次郎を放っておくかい」

「そもそも博奕のことだ。直次郎をどうこうするような小者ではないよ。捨松が勝手に恐がっただけだ」

「湯島の元締を知っているんだな」

「ああ、一度だけ用心棒をした」

「そいつは大したもんだな」

「おれはこのまま旅に出るから、栄さん……」

「わかっているさ。直次郎をお京の許に連れていくよ。念のため、どこか人目につかねえところで暮らせるようにしておこう」

「忝い……」

雨ゆえに、闇夜ゆえによくわからぬが、一之助の目は涙に濡れていた。

「栄さん、いざという時は、助太刀(すけだち)してやろうと思って来てくれたんだろう」

「まあ、そんなところだが、出番などまるでなかったようだ。あっという間に五人か、おみそれしましたよう旦那」

「からかうなよ……」

「少し気になったのだよ。一さん、何とはなしに、死に場所を探しているような気がしてな」

一之助はそれには応えず、目頭を指で拭うと、

「用心棒を一緒にしていた頃、おれは栄さんに、ここまでしてもらうほどのことを何かしたかい」

「そんな話はどうだっていいじゃあないか。おれは取次屋の務めをまっとうしただけさ。まあひとつ言うなら、惚れた女のために何かをしてやりたい。そんな話が堪らなく好きなのさ……」

栄三郎がほのぼのと笑みを浮かべた時。

遠く離れた料理屋の方から、雨音を裂くように女の叫び声がした。

雨の夜に咲く二つの傘の花は、たちまち闇の向こうに消えていったのであった。

第三章　転変

一

梅雨の最中に、黒松組捨松以下、三造を含む五人を殺害した後、新見一之助は秋月栄三郎の前から姿を消した。

すべては、お京の幸せを思ってのことであったが、大胆にも捨松が拠る本所緑町の料理屋の離れ家に忍び込み、有無を言わさず斬った腕には、栄三郎も感嘆せずにはいられなかった。

そして、ここまでのことをしてのけてまで、かつて何もしてやれなかった女の幸せを祈る一之助の心境に、いったい何が起こったのかが気になった。

一之助は、

「近頃は歳のせいか気弱になってな……」

などと言っていたが、会う度に顔色が悪くやつれている感のある一之助は、やはり重い病にでもかかっているのであろうか。

死期を悟っての罪滅ぼしというのなら頷けるが、そうであれば寂し過ぎる——。とはいえ、板橋から本所、深川辺りに進出せんと、様子を窺いつつ、お京の亭主である直次郎の行方を追っていた捨松は死んだ。

これで、源信寺で身を潜めている直次郎は、晴れてお京と娘のおすずと、再会を果すことも叶うであろう。

それでも栄三郎は、すぐに動けば、捨松殺しを疑われると思い、また板橋から捨松の乾分達が押し寄せてくるのではないかと、知らぬ振りを決め込んだのだが、一之助と別れて二日目に、〝手習い道場〟に、居酒屋〝そめじ〟の女将・お染が訪ねてきた。

「黒松組の連中が殺されたようだよ……」

碇の半次から報せてきたという。

「ほう、そうかい、そいつはありがてえや」

うそぶく栄三郎を、お染は上目遣いに見て、

「栄三さん、お前もしかして……」

殺したのは栄三郎ではないかと疑った。

「馬鹿を言うな……」

そんなことをするほどおめでたくはないと、栄三郎は、一笑に付した。

「そりゃあそうだろうねえ……」

お染も笑って、

「栄三さんが、あっという間に五人斬れるはずがなかったね」

「何だそれは。おれだって剣客のはしくれだぞ。で、碇の元締は何と言っているんだ」

「お町の方じゃあ、やくざ者同士のいざこざか、仲間割れだろうってことになっているようだが、大方そんなところだろうってさ」

「それみろ。で、黒松組の乾分共は、親分の仇を討ちに板橋から繰り出してきたか」

「それが、まったく情けない奴らだよ。仇を討つどころか、五人殺されたと聞いて、尻尾を巻いて散り散りに逃げ出したそうだ」

「ははは、日頃、威勢の好いことを言っている奴らに限ってそんなもんさ」

そのうち半次の方から報せがくるだろうと、この情報については、何も探りを入れていなかったので、栄三郎は心から笑うことが出来た。

「碇の元締も喜んでいるだろうよ」

　深川に縄張りを持つ、半次率いる〝うしお一家〟としても、本所、深川に色気を見せていた黒松組に対しては、

「いつか痛い目に遭わせてやる」

　と思っていたから、手を煩わすことなく壊滅したのは幸いであろう。

「碇の元締とはまだ会ってはいないが、遣いの人の口振りではそんな様子だったよ」

　お染とて、悪党が退治されたのは痛快で、栄三郎に半次からの報せを伝えるのは楽しそうであった。

　黒松組の乾分達は、〝うしお一家〟だけではなく、かつて直次郎を使って博奕で大金を巻き上げた客の背後に、香具師の大立者、湯島の音蔵の影を見ていたというから、最早逃げるしか道がないと思ったのだろう。

　栄三郎はそう見ていたが、

「栄三さん、とにかく直次郎って人を、甘酒屋に会わせておあげな」

　お染は声を弾ませながら言った。

「そうだな。あれこれすまなかった。まず、取っておいてくれ」

　栄三郎は、お染の小さな手に一両を握らせた。

新見一之助が、雨の中別れ際に取次料だと五両をくれていた。

「いいのかい？　わっちは半次さんにちょいと言伝てをしただけなのに」

「いいってことよ。たまには、お前にも好いところを見せておかねえとな」

「まあ、そうだね」

「かわいげのない女だねえ……」

栄三郎は苦笑いを浮かべつつ、

「その後はどうだい。お前の好い人の噂はまるで聞かねえかい」

と、労るように言った。

好い人というのは、お染のために人を殺めて江戸にいられなくなった礼次という男のことである。

礼次は、お染と別れる際、くれぐれも自分に義理立てをするなと伝えたという。

染次という名の芸者時代の出来事であった。お染は礼次とはそれ切り会っていない。

礼次の心情、言葉が、新見一之助のそれとよく似ていて、思わずその名が栄三郎の口をついたのだ。

お染も、新見一之助の名までは聞かされなかったものの、人を殺めて江戸にいられなくなった男が、別れた女の幸せを願い、様子を見てもらいたいと栄三郎に頼んできたと聞かされて、身につまされていた。

だが、栄三郎にはそんな女心を見せたくはないお染である。

「好い人だって？　そんな男はくさるほどいるからいちいち気にしてられないよ」

すげない顔をしてやり過ごそうとしたが、礼次の今を知っていると強請(ゆす)りに来た千三(せんみつ)の吉二郎(きちじろう)という男が、その後すぐに深川の崎川橋(さきかわばし)の上で、何者かに腹を一突きにされて死んでいた幸運を思い出して、

「栄三さん、千三の吉二郎を殺(や)ったのも……」

と、栄三郎を再び上目遣いに見た。

「お前はどうしても、おれを人殺しにしてえんだな……」

栄三郎はこれも一笑に付した。

「悪い奴らは、いつ殺されたっておかしかない暮らしをしているってことだよ。まあとにかくすまなかったな。碇の元締にはおれの方から礼を言っとくよ」

千三の吉二郎を刺し殺したのは確かに栄三郎の仕業(しわざ)であったが、破落戸(ならずもの)の死など世間はまるで気にも留めていない。忘れてしまえばよいのだ。

「そうだね。そんなら、こいつはもらっておくよ……」

お染も深くは詮索せずに、手にした一両を掲げてみせたが、栄三郎の温かさに触れて、幸せそうな表情を浮かべて帰っていった。

「お染の奴、まだ礼次を忘れられないようだ」

栄三郎は、ふっと笑うと、すぐに深川へと向かった。

お京はもう、昔の男である新見一之助のことを忘れているのだろうか——。

そんなことを思いつつ。

佐賀町の船宿を訪ねると、半次は上機嫌で栄三郎を迎えて、

「捨松は不様なものでございましたよ。そのうちに奴とはことを構えねえといけねえと思っておりやしたから、こっちにとっちゃあ好都合だが、明日は我が身だ。気をつけねえといけませんや」

首を竦めてみせた。

「なに、それが捨松の因果さ。お前さんを恨む者はいないよ」

栄三郎は笑顔で応えて、

「ついては元締、ちょいと頼みを聞いてくれるかい」

「直次郎のことでしょう」

「ああ、甘酒屋と一緒にさせるにしても、一旦ここを離れた方がいいと思うんだ」

「仰しゃる通りでさあ。どこか親子三人で人目を気にせず暮らしていけるところを世話してやりますよ」

「そうしてやってくれるかい」

「これくれえのことならお安い御用でさあ」

「当座しのげるくらいの金は持っていようから、損のないようにしておくれ」

「お気遣いはご無用に願います。あっしは、旦那のお手伝いができて嬉しいんですよう」

半次は終始上機嫌で、直次郎とお京には、ここへ訪ねてくるよう伝えてくれたらいいと胸を叩いた。

この先の仕事は楽しかった。

源信寺に潜む直次郎の許に、お京とおすずを連れていってやれば、一之助から頼まれた取次はすべて終るのだ。

「元締にとっちゃあはした金だろうが、こいつは迷惑料だ。遣いの若い衆にでも渡してやっておくれ」

栄三郎は、二両ばかり包んで置くと、早速、親子三人の再会を段取った。

涙で新たな暮らしを誓い合う三人であったが、ここまで自分達に構ってくれる栄三郎が何とも不思議で、

「旦那はいったいどういうお人で……」

「昔、谷中の水茶屋に何度か来てくださったと仰しゃいましたが……」

直次郎とお京は口々に言った。おすずはただにこにことして栄三郎を見ている。

「水茶屋に通ったってえのは嘘なんだ。お前の亭主には話したんだが、ちょいと人に頼まれてな」

栄三郎はさらりと応える。

「その、旦那に頼んだってお人が昔水茶屋に……」

小首を傾げる直次郎に、

「誰だっていいじゃあねえか。親兄弟のために、苦しい想いをして生きてきた女に、せめて幸せになってもらいたい。そう願う者がいたってことさ」

栄三郎は言い聞かせ、お京にゆっくりと頷いた。

お京はじっと考えると、やがてはっとして顔を上げた。その見開いた目に、

——あの人だ！

新見一之助の面影が浮かんだのを栄三郎は捉えた。

「誰だっていいじゃあねえか」

昔のやくざな男のことなど忘れてしまえという意を含めて、再び栄三郎は言った。

「人というのはおもしろいものでな。手前(てめえ)は荒(すさ)んだ暮らしを送っていても、他人の幸せを願ったりするもんだ。悪い奴らには天罰が下ったんだ。お天道様(てんとうさま)に手を合わせて、この先は親子仲よく幸せに暮らしておくれ……」

栄三郎は、やさしい言葉で伝えると、この先はまず佐賀町に半次という親方を訪ねるようにと言い添(そ)えて、親子三人と別れた。

お京のえも言われぬ幸せそうな表情が目に焼き付いてなかなか消えなかった。

――一さん、お前が惚(ほ)れた女は、お前に心の奥底で手を合わせて、この先は幸せに暮らしていくだろうよ。よかったな……。

栄三郎は、そんな言葉を秘めながら、お京のために五人を斬り、再び姿を消した新見一之助に思いを馳(は)せた。

人の縁とは異なものである。

かつて剣客としての生き方に悩み、用心棒暮らしを送った栄三郎は、仲間であった一之助とは気が合ったし、よく住処(すみか)に厄介(やっかい)になったものだ。

しかし、彼が訪ねて来なければ一生再会せぬままに終ったであろう。

このあたり、長年共に剣術修行に励んだ、松田新兵衛や陣馬七郎とは付合いの深さが違う。

それが今となって殺しの秘密まで共有するようになるとは、思いもかけなかった。

取次の仕事としては、いささか度が過ぎた肩入れは、やはり幸薄かった女を何とかしてやりたいと思う一之助の気持ちが、他人事とは思えなかったからであろう。

あの日の栄三郎がそうであった。

浪人の身から弟・房之助が出世することを願い、女としての幸せを自ら投げ出して苦界に沈んだ萩江――。

その萩江がおはつという名の遊女であった頃、一夜を馴染み、互いに惹かれあった栄三郎は、偶然にも取次屋として数年後、房之助の養父となった旗本・永井勘解由の内意を背負い、おはつを捜し出し苦界から助け出した。

しかしこの時、おはつには昌平坂学問所仰高門日講において、抜群の成績を残す優秀な弟がいることを察知し、これを出しに強請りをかけてまとわりつく男がいることが判明した。

森岡清三郎という不良浪人である。こ奴は日子の権助という破落戸を乾分に悪事を繰り返していて、年季明け間近なおはつを鞍替えさせて骨の髄まで搾り取るつもりであった。

十年の間、泥水を飲んできた女が、やっと自由の身になろうとしているというのに、その生き血を吸わんとする鬼がいる。

栄三郎は、森岡を権助共々、雨の日の闇に紛れて始末した。

その思い出が、新見一之助の姿を見て、生々しく蘇ってきた。

一之助は、お京の幸せを思い、それを邪魔する者を斬った。そして、彼の願い通り、お京は涙を流して新たな暮らしへと漕ぎ出そうとしている。

さて、萩江となったおはつは、いや、房之助の姉・久栄は、幸せを摑んだのであろうか。

三千石の旗本の御屋敷の奥向きで、老女となり穏やかに暮らす身なれど、本当に女の幸せを得たのであろうか。

誰にも話せぬ萩江への想いが栄三郎の体中で熱くたぎっていた。

二

その翌日が、永井勘解由邸での出稽古であった。

奥向きの小体な武芸場で、老女・萩江が率いる奥女中達に、小太刀、棒術、薙刀の稽古をつけ、個々注意を与えた上で、萩江に総評を伝える。

二人は心惹かれ合う間柄とはいえ、決して心昂ぶることなく、互いに分をわきまえた会話に、そっと想いのひとかけらを添えてきた。

だが、三年も稽古で顔を合わせ続ければ、まどろこしく思う時もある。

先日は、萩江に縁談が持ち上がり、萩江はこの席において、栄三郎にその事実を告げ気持ちを確かめてきた。

遠回しでもいいから、嫁すことを嘆いてもらいたいと思ったのだ。

あの折、栄三郎は何も言えずに萩江を苛々とさせたものの、縁談の相手を武芸場の立合にて完膚なきまでに叩き伏せ、それによって己が想いを伝えた。

だがこの日ばかりは、栄三郎も感情が妙に昂ぶり、抑えられなくなっていた。

武芸場で萩江との一時を迎えると、

「今日もまた、このように稽古ができて嬉しゅうござる……」

気がつけば、武芸指南の総評より先に、こんな言葉が口をついた。

萩江は、栄三郎にいつもとは違う情感を覚えたか、

「はい、ありがたいことだと思うております。この一時がわたくしにとってかけが

えのないものでござりますれば……」

しみじみとして応えた。

栄三郎は、胸が潰れるほどのときめきを覚えた。

いつもならば、萩江がしみじみと語れば自分の方は包み込むようにして、萩江の心が晴れるよう、町場でのおもしろい話などして、大いに萩江を笑わせようとするのだが、この日の栄三郎はそういう自制が利かなくなっていた。

「この一時の他に、楽しみはござりませぬかな……?」

低く小さな声で、萩江が応えに困るような問いかけをしていた。

さすがに栄三郎も、

「いや、これはくだらぬことを問いました」

今日の自分はどうかしていると思い直し、取り繕ったが、

「他に楽しみがないわけではござりませぬが、この一時に勝るものはござりませぬ」

萩江はきっぱりと言い切った。

それを聞くと栄三郎は、取り繕ってはいられなくなり、

「わたしは萩江殿がいついかなる時も、幸せであってもらいたいと思い続けております。この御屋敷へお連れしたあの日より……」

と、真っ直ぐな目を向けていた。

萩江は目を潤ませた。

秋月栄三郎の自分への想いはわかっているつもりだが、言葉ではっきりと告げることなく、分別を忘れぬ栄三郎の物言いがもどかしかった。

それが今日は、言葉のひとつひとつが胸の奥に突き刺さるように響いてくる。

「そのお言葉をお聞きしたことが何よりの幸せでございます」

萩江はにこやかに頷いてみせた。

栄三郎も頷き返した。

互いに問うたとて言わずもがなのことであった。

若者同士の恋でもあるまいに、確かめ合うなど馬鹿げている。

だが、手を取り寄り添い合うことが叶わぬ二人には、言葉のやり取りに工夫を凝らすしかないのである。

栄三郎は満足であった。もうかける言葉は見つからなかった。

惚れた女の幸せを願い、五人のやくざ者を闇に葬り姿を消した、新見一之助が残した興奮が栄三郎を刺激したのだが、萩江の気持ちを確かめて悦に入る自分がどうも滑稽に思われてきて、興奮が冷めると苦笑いが込みあげた。

ところが萩江はというと、何か不安が込みあげてきたのか、一転して打ち沈んで、

「さりながら、色々とご迷惑をおかけしました。わたくしは、この御屋敷に参らぬ方がよかったのかもしれませぬ……」

と座礼して、栄三郎の前から立ち去った。

「萩江殿……」

去り際の言葉が栄三郎の胸に突き立った。

お京の姿を見て、

「果して萩江殿は幸せなのであろうか」

それがやたらと気になって、日頃の栄三郎らしからぬ言葉を吐いてしまったが、萩江にも今、心を悩ます何かが起きているのではないか。そんな疑念に囚われたのである。

この屋敷に来ない方がよかったのかもしれないという言葉の意味は、

「それならば、貴方様とこのようなまだるいお話などせずに、その気になればいつでもお逢いできましたものを……」

そんな胸を焦がす想いかもしれないし、萩江がいることで、永井家に何か波風が立っているのを憂えているようにも捉えられる。

――やはりくだらぬことを問うてしまった。

栄三郎は、永井邸を辞すと、水谷町への帰り道、自分は何と年甲斐もない振舞をしたものかと悔やまれた。

――いかぬ。これはいかぬ。

萩江への想いが抑えきれぬ自分が恐ろしくもあった。

奥向きへの武芸指南など引き受けねばよかったとさえ思えてきた。

出稽古に赴けば、毎度のように萩江に会える、話が出来る。

それが嬉しさに三年もの間、生き甲斐のひとつとして月に二度ばかり務めてきたが、会うから想いが募るのだ。

お京に一切顔を合わさず、自分が動いていることも告げず去っていった新見一之助は偉いと、つくづく思われた。

身分違いの二人が思い合ったとて、とどのつまりは恋の業火に身を焦がし、互いに結ばれぬまま刻を食い潰していくだけではないか。

萩江を恋うるなら、その幸せを祈るなら、心にもない愛想尽かしをして、武芸指南を辞する覚悟があってもよいはずだ。

それは頭でわかっても、萩江の容が目に浮かぶと、栄三郎は今の小さな幸せを捨てられなかった。

その悩みが、新見一之助との再会によって浮彫となった感がある。

四十を目前にして、幸せの意味を自分に問い始めた栄三郎に、一之助は大きな変化をもたらすのではないか――。

そんな胸騒ぎにも似た感情が、帰り道ずっと栄三郎を襲っていた。

そしてそれは現実のものとなって、栄三郎に降りかかってくることになる。

〝手習い道場〟に帰ると、南町奉行所定町廻り同心・前原弥十郎が、栄三郎を待ち構えていた。

家へ入ると細い土間が裏へと続き、左手に手習い所兼稽古場、右手が住居となっているのが〝手習い道場〟である。

弥十郎は、誰もいない手習い所の真ん中に座し、小者を端に控えさせていた。

又平は所在なげに、弥十郎の傍近くにいる。

栄三郎のいない間、弥十郎の話し相手をさせられていたようで、何とも疲れた様子である。

悪い男ではないのだが、蘊蓄を語り出すと長くて面倒なのは相変わらずなのだ。

「何だい、やっと御帰還かい、話も尽きたし帰ろうかと思ってたところだぜ」

弥十郎は、栄三郎の姿を認めるや、丸い顔の中にある丸い唇を少し尖(とが)らせて言った。

「こいつは旦那、随分(ずいぶん)とお待たせしましたか」

「いや、一刻(とき)(約二時間)ほどだ……」

――一刻も蘊蓄を語っていやがったのか。

栄三郎は、やれやれと思いつつ、

「何か御用ですかい」

小さく笑った。

どうせ去年の夏に生まれた息子の自慢話でもしに来たのだろうと思ったのだ。

「生まれて一年たつと大したもんだなあ、父、父……、なんてよう、泣きそうな顔をして言いやがるんだ」

このところはこんなことばかり話しては、町の者を辟易(へきえき)とさせていた。

「前原の旦那もめでてえ男だなあ。〝ちち〟てえのは〝父〟じゃあなくて〝乳〟のことなんじゃあねえのかい」

「泣きそうな顔してるんだから、早いとこ〝乳〟をやれってんだよ」

などと陰では言われているのだが、笑い話の種にするのには悪くないゆえ、栄三郎は何か屈託を抱えている時などは、からかいを入れながら、気晴らしに相手をしてやることにしているのだ。

だが、弥十郎はにこりともせず、

「栄三先生よう。お前、新見一之助という浪人を知っているかい」

と、訊ねてきた。

どうせ息子自慢だと思っていただけに、栄三郎は面喰らったが、

「ええ、知っておりますよ……」

努めて笑顔で応えた。

蘊蓄おやじとからかってはいても、同心としては敏腕の前原弥十郎である。

先日、一之助が悪党共五人を斬ったところに栄三郎は居合わせた。

まさかそのことを弥十郎は嗅ぎつけたのであろうか。

「やはりそうか……」

弥十郎は渋い顔をした。

栄三郎の胸の内はますます穏やかではなかったが、これくらいのことで動揺するような柔な男ではない。

「まだ、ここへ来る前に、一之助にはあれこれ世話になりましてね。剣術一筋で食っ

ていくのは大変で、柳橋辺りで用心棒などしていた頃のことですよ」

すらすらと応えた。

「近頃、奴と会ったかい」

弥十郎は、丸い目に鋭い光を宿していた。

「ええ、平塚で宿役人をしている昔馴染が江戸見物に娘を連れてきて、ここにちょっとの間、逗留していたのを覚えちゃあいませんか」

「そういやあ、そんなこともあったな」

「一之助はそれを人伝に聞いて、方々尋ねてここへ来たのですよ。生憎、昔馴染は、もう平塚へ発ったあとでしてね。まあせっかくだからって、それから何度か会いましたが、新見一之助がどうかしましたかい」

「いや、近頃見かけねえと思っていたら、お前と一緒にいるところを見たっていうものがいて、ちょいと気になってよう」

黒松組殺害の件で来たわけではないようだ。

栄三郎は内心胸を撫で下ろして、

「旦那が気にかかるってことは、一之助の奴、何かお手を煩わしましたか」

「ああ、前にやくざ者同士の喧嘩で何度かな」

「用心棒は、それが仕事ですからねえ。奴は好い男ですよ。非道なことはしません」

「栄三先生がそういうんだ。悪い奴じゃあねえんだろうよ。だが、用心棒稼業なんぞ長く続けていると、あれこれ義理ができるってもんだ」

「まあ、そいつはそうかもしれませんね」

「心ならずも人を斬らねばならぬ、てこともあるかもしれねえや」

「なるほど……」

栄三郎は、相槌を打った。確かに、斬る相手は黒松組の連中のような悪党ばかりとは限らないと思えてきた。

「で、新見一之助は、今どこにいるんだい」

「それが、よくわからねえんですよ」

「庇いだてするなよ」

「してませんよう。旅から戻ってきて、ねぐらを転々としているようで」

八丁堀の同心とはいえ、時にはくだけた物言いで突っかかる間柄であるが、今日の弥十郎は終始役人の威厳が漂い、神妙に聞くしかなかったのだ。

「そうかい。まあ、栄三先生のことだから、その辺りは抜け目がねえだろうが、おれは奴がちょいと気になっているんだ。先生も気をつけたがいいぜ」

弥十郎は、あれこれ語らず、そのまま〝手習い道場〟を出た。

「お勤め、ご苦労さまで……」

又平が恭しく見送ったが、栄三郎は気になって仕方がなかった。

「旦那、もうちょっと話を聞かせてくれませんかねえ」

又平に続いて表に出たが、

「ちょいと寄り道をしちまったから、また今度な。もし一之助が訪ねて来たら、くれぐれも危ねえことはするなと、先生の口から伝えてやってくんな……」

と言い置いて去っていった。

一刻ばかり又平相手に喋っていたというから無理もないが、

「あの旦那は、いつも間が悪うございますねえ……」

と、又平が言うように、まったく間が悪い。

栄三郎は、遠ざかる固太りの前原弥十郎を見送りながら、落ち着かぬ想いを抑えきれなかった。

三

その頃、新見一之助は千駄木のとある旗本屋敷にいた。

東叡山の西方、北には雄大な荒川（隅田川）が流れ、田園の他は寺と武家屋敷ばかりの閑静な地の一隅にそれはあった。

その屋敷では、食客の扱いを受けているのだが、他にも同様の浪人がごろごろといて、気兼ねはない。

本所緑町の料理屋〝板くら〟の離れ家に巣をくう黒松組の親分・捨松を始め五人を殺害した後、一之助はここに潜んでいた。

下手に旅へ出るよりは、町方役人の手が及ばぬ旗本屋敷にいる方が、かえって安全というものだ。

ここには以前から何度も世話になっていた。

食客という名の下に、千坪ほどもある屋敷内の御長屋の一間を与えられ、台所で小者が用意してくれる飯を食べ、酒を飲み、古ぼけた武芸場で体が鈍らぬように剣を揮う。

そのうちに、博奕打ちの親分かと見紛（みまが）う中間（ちゅうげん）が、

「旦那、ちょいとお出まし願いますよ」

とばかりに呼びに来る。

そうして中間部屋で開かれる賭場（どば）の用心棒に出たり、時には屋敷外へ出て盛り場（さかりば）の揉（も）め事などを収めに行く。それが済むと、謝礼をもらう。

その際、屋敷内での飲み食いや、あれこれ逗留の掛りが差し引かれるというわけだ。

食客とはよく言ったものだが、腕が立てばとりあえず急場はしのげる。

それゆえ、一之助のように束（つか）の間（ま）ここの食客になる浪人者は多いのだ。

屋敷の大きさから窺うに、千石取り以上の旗本であろうが、家来の数より食客の数の方がはるかに多い。

家来には禄（ろく）が要（い）るが、食客はその時々働かせれば、逆に実入りとなる。

無役の旗本は、禄は増えぬが物価は高騰し、どこを見渡しても暮らし向きは苦しい。

これも生きる術（すべ）なのであろうが、

「将軍家直参が、やくざ者の口入屋と変わらぬとは情けなきものよ」

と、一之助はつくづく思う。

一之助とてかつては旗本に仕えていて、中間部屋での御開帳に加わって召し放ちとなったわけだが、

「今思うと主家は武家の品格を備えていた」

ということになる。

そして、品格というものは一度失うと、元にはなかなか戻らない。それどころか、どんどんと悪の深みに落ちていくものだ。

「今のおれがそうだ。おれにはこの屋敷がお似合だ」

一之助は自らを嘲笑っていた。

悪党共とはいえ、人を五人まで斬ったのである。この屋敷に入ってからは、

「ちょっとばかり、ほとぼりを冷ましたい」

と、用人に告げて、中間部屋の博奕場に詰めて暮らした。

もう何度も出入りしているゆえに、用人も心得たもので、一之助がいつも使っている御長屋の一室を空けてくれた。

そこは長屋門に続くところで、武者窓からは、荒川へと広がる田園が望めた。

近頃はすっかりと体の衰えが目立ち、咳き込むこともある一之助には、ぼんやりと

窓の外を眺めているだけで、元気になってくるように思えるのだ。

この日は昼を過ぎても部屋から出ずに、窓の外を眺めながら、一之助はお京の幸せを確信していた。

――おれも少しは、地獄の閻魔に誇れることができた。

一之助は、かつて別れた女の幸せを祈らんとして、金をかけ、危険を冒したことが、堪らなく心地よかった。

もう自分の命も長くはあるまい。

それを悟った途端に、返せる義理を今のうちに確かめておこうと思った。

町で偶然に出会った博奕打ちの粂三から、柳橋にいた頃の用心棒仲間である〝喧嘩屋東蔵〟のことを聞き、刺激を受けたのは確かである。

我が子をそっと見守り、その娘のために命懸けで処の顔役の家へ殴り込んだと聞いた時は、何とも痛快な心地がした。

そして思い出したのが、秋月栄三郎という男であった。

この男はなかなかに腕が立った。聞けば、気楽流の剣術道場で修行に励んだ剣客であるという。

それが師から離れ、剣客として独り立ちする段になって、この先の生き方に悩んだ。

元は大坂の野鍛治の息子で、武士に憧れて剣術に励んだのだが、その武士はというと、権威や保身に走る小役人ばかりで、余りにも憧れとかけ離れていた。

生まれついての武士ならそれも身の運命と諦めもつくが、こんなことなら身についた剣術を市井において役立てられないか。

そう思ううちに、用心棒稼業に足を踏み入れたと語った。

秋月栄三郎にとっては、何よりも剣術は大事な宝であったのだろう。

用心棒仲間の内では、滅多に剣は抜かず、揉め事は知恵と話術で収めてしまう。

柳橋の口入屋には、秋月栄三郎を名指しで用心棒に頼みに来る客は多かった。

——この男のように生きられたら、さぞ楽しかろう。

一之助は、栄三郎と組む度にそう思った。

いざとなれば凄腕を見せるが、日頃は洒脱で飄々として、会えばいつも笑顔を見せている。

そんな男ゆえ、一緒にいると心が和むので誰からも好かれている。

そこが羨ましかった——。

だが、久しぶりに会ってみてわかった。

秋月栄三郎には、人間としての品格があるのだ。自分には決して持てぬであろう品格が、さりげなく身についている。それが羨ましくて堪らなかったのだ。

こんなことを本人に言ったら、

「おれに品格？　からかわないでくれよ。おれは武士の形(なり)はしているが、一さんとは違って野鍛冶の倅(せがれ)が武士に憧れて剣術を始めただけのまがいものさ」

と、一笑に付すだろうが、品格は出自ではない。人としての志があるかどうかだ。

「権威と保身にこだわる、それが武士なら、そんなものには成りたくはない」

という想いや、

「己が剣は、市井の中でこそ役立てたい」

と考え、取次屋なる稼業を始めたのも、立派な志である。

何か信じるものを心に秘めている者は、一時どんな道に落ち込もうと、人間としての品格は失わないのだ。

浪人となり、用心棒稼業を始め、水茶屋の女の世話にもなった。

だがそれは、ただ生きるがための方便で、武士としてどう生きよう、男としてこうあるべきだという意志などなかった。

子供の頃より学んだ甲源一刀流(こうげんいっとう)の剣技は、金のために売り払ってきた。

せめても人らしくあろうと、やくざ者の喧嘩の助っ人をする時は木太刀で戦い、抜刀しても峰打ちですませてきたが、それでも打ちどころが悪ければ、相手を死なすことがあった。

人を殺せば罪となる。相手がとんでもない男であっても旅に出なければならなかった。

そのうちにこの旗本屋敷を、賭場で知り合った浪人に教えられ、身を隠しやすくなった。

しかし、ここで暮らせば、用心棒の内容に選り好みは出来なくなってくる。

時には意に染まなくても、人を斬らねばならないこともあった。

身は堕ちていく、それと共に体の具合も悪くなっていった。

それでも自分にはまだ品格を求める心が残っていた。かつての不義理を晴らそうと思いたったのがその表れであった。

果して、このような男になれたらと思った秋月栄三郎は、昔の誼を大事にして、随分と働いてくれた。

そして一之助は栄三郎への羨望を新たにした。

取次屋などというやくざな稼業も、秋月栄三郎が看板をあげれば人助けとなる。その上に、手習い師匠として、剣術指南として町に溶け込み、年寄りから子供にいたるまで慕われている。

この五、六年の間に、秋月栄三郎と新見一之助の間には、大きな差が出来てしまっていた。

雨が降りしきる夜。栄三郎は、自分を気遣って、本所まで来てくれた。五人も斬り捨てたというのに、薄幸な女の幸せを願う自分を称えてくれた。

「栄さんのお蔭で、おれは人らしく死ぬことができそうだ」

一之助は、別れ際に栄三郎にこう告げた。そして、志があり人に慕われ頼りにされているこの男の傍にはもう寄るまいと思った。

だが、この屋敷に入って、お京を助けた心地よさに浸っているうちに、一之助は栄三郎が雨の日に道中言ったことが気になっていた。

栄三郎は、一之助が本所の料理屋〝板くら〟に押し入って、黒松組の捨松を斬るのだろうと予想していた。

そして、一之助がとった行動について、

「よくわかる。おれも、長年泥水を飲んできた女のために、鬼を斬ったことがある。こんな雨の日だった」

と、同調してくれた。

「だが、斬ったのは二人だ……」

とも言った。

さらに、ここまで一之助の頼み事に力を注いだのは、

「惚れた女のために何かをしてやりたい。そんな話が堪らなく好きなのさ……」

と、言葉に力を込めた。

あの、血を嫌う栄三郎にもそんなことがあったとは。そして、秘事を打ち明けてまで自分を励まそうとしてくれた情に、一之助は感じ入ったものだ。

しかし、考えてみると栄三郎が二人の鬼を斬ったというのは、一之助と別れて少ししてからであるから、五年くらい前のことになろう。

その日も雨が降っていたそうな。

泥水を飲んできた女は、恐らくお京と同じような境遇の女であろう。どこかの岡場所に身を売った女かもしれない。

――栄さんは、五年くらい前の雨の日に、苦界の女にまとわりついていた男を、女の先行きの幸せを願い、二人始末したわけか。

栄三郎からこの話を聞いた時は、五人を斬った興奮が冷めやらず、深くは考えられ

なかったが、その泥水を飲んだという女に栄三郎は惚れていたのに違いない。

その女の姿を、一之助がかつて惚れたお京に重ね合わせたとしたら、一之助が頼んだ一件にあれほどまでに肩入れしてくれたことも頷ける。

秋月栄三郎はそういう男だ。

しかし、一之助はどうも気持ちが悪かった。

——栄さんらしいや。

と、心が温かくなるはずが、どうも引っかかりを覚えるのだ。

——まさか、そんなはずは……。

気分を変えようと、窓から目をそらした時、突如降り出した雨が、かまびすしく窓の庇(ひさし)を叩き始めた。そして、

「一之助はおるか……」

どすの利いた声がして、武士が一人、御長屋の一室にやって来た。

四

翌日も朝から小雨が降った。

秋月栄三郎は、早めに手習いを終らせると、傘を片手に外へ飛び出し、白魚橋を渡った。

ここから北へと伸びる本材木町の通りにある〝三四の番屋〟へと出かけたのだ。

何となく気になる物言いをして、新見一之助についてあれこれ訊ねてきた前原弥十郎を捉えて、昨日の話の続きを聞きたかった。

この調べ番屋は水谷町からほど近い。

弥十郎がここへ立ち寄る時刻も、顔見知りの小者に訊けばすぐにわかるのだ。

栄三郎がそっと中を覗いてみると、

「何だ、栄三先生じゃあねえか。まさかおれを訪ねてくれたのかい」

弥十郎は板間で茶を飲んで休んでいた。

皮肉な物言いだが、弥十郎は何だかんだと言いながらも、栄三郎には一方的に友情を覚えている。昨日の今日、わざわざ番屋にまで訪ねて来たのが嬉しいのか、声は弾んでいる。

「昨日はちょいとお待たせしましたからね」

栄三郎は、土間に畏まってみせた。

「で、昨日の続きを聞きに来たのかい」

「ええ、あのままじゃあ気になりますよ」

「そうかい、だが、ここで油を売っている暇はねえんだ。ついてきな。道々話そうじゃあねえか」

弥十郎は傘を手に表へ出た。

栄三郎が並んで歩くと、

「あんなむさ苦しいところにいるのは嫌だろう」

そう言って、近くにある〝十二屋〟という料理屋に栄三郎を誘った。

この店は、呉服町の大店・田辺屋の主・宗右衛門が好んで使っている店だが、このところは岸裏道場にも近いこともあり、岸裏伝兵衛、松田新兵衛も常連となっている。

当然、栄三郎も顔馴染で、秋月栄三郎とは親しい仲だと人に告げている弥十郎も常連の仲間入りを果しているのだ。

そこは八丁堀の旦那である。

わざわざ主が出迎えて、こざっぱりとした小座敷へと通される。

「すまねえな。この先生がおれに話があるってえんで、ちょいと使わせてもらうぜ」

ここでも弥十郎は、栄三郎との仲のよさを強調する。

――なんだ、昨日とは様子が違うじゃねえか。

昨日は、役人の威厳と誠実さが漂っていたゆえに、弥十郎が一之助の話を持ち出した時は緊張が走ったが、今日はいつもの面倒な間の悪いだけの蘊蓄おやじに戻っている。

「しかし何だな。昨日は朝から御奉行に、お前も三十の半ばになったのだ、少しは威風と懐(ふところ)の深さを身につけろ……、などとお叱(しか)りを受けたのだが、役人てものは難しいなあ、先生が羨ましいよ。四十の手前で、馬鹿なことを言ってられるんだからよう」

弥十郎は、茄子(なす)の丸煮(まるに)と煮蛸(にだこ)、そば掻(が)きを頼むと、

「まあ、二合くれえならいいだろう」

と、ちびりちびりとやりながら、こんなことを言い出した。

それから察するに、昨日は奉行からの叱責(しっせき)を受け、威風と懐の深さとやらを栄三郎で試したのだが、しっくりこないまま、今日はいつもの前原弥十郎に戻ってしまったようだ。

――まったくいい加減にしやがれ。

栄三郎は腹立たしかったが、それならば新見一之助についても、それほど深く考え

ていないのであろうと、少し胸を撫で下ろした。

とはいえ、弥十郎も定町廻り同心を長年務めている。その口から新見一之助が気になると聞いたのであるから、そこはやはり心に引っかかる。

「旦那、役人が大変だってことは、ようくわかりましたよ」

「わかってくれるかい」

「それはそれとして、早いとこ昨日の話の続きを聞かせてもらえませんかねえ」

「ああ、新見一之助の話だったな」

「そうですよう。一之助とは五年振りに会ったんですが。その間に何かしでかしていたんですかい。そんな話は何も聞いちゃあおりませんで……」

「何かしでかしたというわけじゃあねえんだ。奴は方々で用心棒なんぞをしていたが、先生の言うように悪い奴ではなかったと思う」

「何がいけないので？」

「つるんでいた野郎だよ」

「とんでもない連中と付合っていたと……」

「そういうことだ。骸(むくろ)の陰に奴らありってところでな。それでいて、なかなか尻尾を出しやがらねえ、まあ、やくざ者同士が殺し合うのは放っておきゃあいいってもんだが、そのうちに素人を騙したり、阿漕なことにまで手を染めるようになってきた」

「何ていう奴なんです？」

「森住亮之介という浪人と、あれは確か、森岡清三郎とかいう野郎だったな……」

栄三郎はこの蒸し暑さの中で、体の中が凍りつくのを覚えた。

森岡清三郎——。

かつて品川の妓楼でおはつという名で出ていた萩江を、根津の岡場所に売りとばした件の不良浪人であった。

栄三郎は、〝大和京水〟という上方下りの風流人に扮し、根津の岡場所から萩江を請け出したのだが、森岡はその折も手切れ金として五十両を要求してきた。

客として来ていた森岡は、萩江がおはつという名の遊女の頃に心の拠にしていた一枚の紙片を見つけた。

その紙片は、弟・房之助が幼い頃に萩江にくれた萩の絵で〝姉上様　塙房之助〟と書き添えられていた。

森岡は、塙房之助の評判を聞き、おはつには将来を嘱望されている弟がいると知り、これを強請りの種に使ったのだ。

栄三郎は、房之助が婿養子として入る永井家から萩江の探索を頼まれたのである。

この事実を永井家に相談すればよかったのかもしれないが、栄三郎は気弱な風流人を演じ、金の支払いに応じつつ、森岡を乾分の日子の権助と共に斬って口を塞いだ。

雨の夜のことであった。

独断で白刃を揮ったのは、どうせまた、こういう輩は女を食い物にするであろうし、森岡が萩江の過去と房之助との間柄を知っている限り安心出来ぬと判断したからである。

かつておはつと一夜を馴染み惹かれ合いながらも、栄三郎がおはつと逢瀬を重ねなかったのは、剣客を目指した身が、遊女の情夫に落ち行くのが堪えられなかったからだ。そしておはつは客に惚れてしまっては、弟・房之助の存在をつい喋ってしまうかもしれないと、惚れたがために二度目を拒んだ。

そんな二人であったから、栄三郎はとにかく森岡を許せなかったのだ。

前原弥十郎は、その森岡清三郎と新見一之助がつるんでいたと言う。栄三郎には衝撃の事実であった。

思えば、森岡がどんな生き方をしてきたのかは知らなかった。栄三郎がそれを問うと、

「金のためなら何だってする。蛭みてえな野郎よ。儲け話を聞きつけて群がるのは、

そりゃあ大したもんだった。いつも権助という三下を連れていたっけな」

「どこかの身内だったんですかねえ」

「さあ、これといった組内ではなかったようだ。その時々で、景気のよさそうな悪党に引っ付くって様子でな」

「新見一之助が、そんな野郎とつるんでいるとは思えない。何かの間違いじゃあないですかねえ」

「友達を信じてえ気持ちはようくわかるが。見廻りの中につるんでいたのを確かに見た」

「そいつは残念だ……」

「森岡は何かやらかそうとしていたんじゃあねえかな。奴は、酷え男だが腕の立つ野郎を見極めて味方にするのがうまかった」

「貸しを拵えておいて、助っ人をさせるとか」

「そんなところだろう。まあ、今となってはそれも無理だがな。四年前だったかな。根津権現の裏手の百姓家で、権助と二人、死んでいるのが見つかった」

「そうなんですかい……。旦那の手が省けてよかったってもんだ」

「まあ、そういうことだな。その一件についちゃあおれが取り調べをしたわけじゃあねえが。係の同心は仲間割れで済ましちまった」

「そんな野郎は殺されて当然だ。手間をかけるほどのことじゃあねえでしょうよ」

一之助は、森岡に何か借りがあったのかもしれない。なかなかに律儀な一之助であるから、何か頼みごとをされて、放っておけなかったとも考えられる。

「で、森住亮之介というのは……」

「森住は腕の立つ用心棒で知られていた。雇われ先は大物ばかりでな」

「と、いうと……」

「たとえば、稲見屋という両替商がそれだ。ここの主は金右衛門といってな、大した分限者だったが、商いのやり方が汚くて、稲見屋に狙われて首をくった商人は何人もいた。その中には、殺された者もいたんじゃあねえかと、おれは見ているんだがよう」

「それが、森住という浪人者の仕業だと」

「恐らくな。だが、稲見屋はお上に深く入り込んでいたから、森住が捕まえられることはなかった」

「くだらねえ話だ。まったくお上はあてにならねえ。ましてや役人なんてものは……」

「おいおい、おれも役人だぞ」

「だから言っているんですよう」

「お前知らねえのかい。稲見屋はお上の裁きを受けてとっくに闕所になったよ」

「闕所？　そういやあそんなことがあったような……」

「まあ、下々の者にはどうだっていいことだ」

「まったくで。それから森住は？」

「姿を消していたんだがよう。ちょっと前に向嶋辺りで見かけたって噂が入ってきた。誰と一緒だったと思う？」

「まさか一之助と……」

「御明察だ。わかるだろう。おれが一之助を気にするわけが。ましてや、その一之助が、他でもねえ秋月栄三郎先生と一緒にいたってえんだからよう」

弥十郎は、少し得意気に恩着せがましく笑ってみせた。

「そいつはどうも……」

栄三郎は、頭を下げてみせ、

「おれの分もどうぞ」

と、料理の皿を弥十郎の前に置いた。何も食べる気が起こらなかった。

日頃は面倒で仕方のない弥十郎の自分への友情が、今日はありがたかった。

栄三郎が斬った森岡清三郎と日子の権助も、未だに仲間割れで殺されたと済まされているようだ。

死んだとて誰も悲しまないような悪党が誰に殺されたとて、役人は気にも留めないこともよくわかった。

だが、裏社会にも掟もあれば、復讐もある。

森岡清三郎などは、万死に値する男であったと確信出来るが、その死を悼み、仇を討ってやろうと思う者とているかもしれぬ。

人を闇に葬るのだ。元よりその因果が巡ってくるかもしれないと、栄三郎は覚悟していた。

とはいえ、その相手の中に新見一之助がいたとすれば何としよう。

いや、まさかそれはあるまい。用心棒暮らしが長ければ、仲間内から助っ人に請われることもある。

森住亮之介なる浪人との付合いも同様に違いない。一之助は腕が立つと評判をとっていたから、知恵と口で用心棒をこなしてきた栄三郎と違って、大商人、大身の武士から声がかかることも多かったのだ。

その点、栄三郎はいつか己が剣を活かして暮らす夢を捨てなかったゆえ、用心棒はほんの食い繋ぎと心得、無闇に腕を揮わなかったことが幸いした。

大した金にはならなかったが、新見一之助を思うに、金と引き換えに失った物も多かったと思われる。

同じように用心棒稼業に身を置きながら、栄三郎は、森岡清三郎とも森住亮之介とも繋がりはしなかった。それは真に幸せであった。

「旦那、ようくわかりました……」

栄三郎は威儀を正した。

「今度一之助に会うことがあれば、おかしな真似はしないよう、しっかり伝えておきましょう。だが、一之助は非道な男じゃあありません。そこはわかってやってくださいよ。そんならごめんくださいい……」

そして早口で言い遺すと、

「おい、先生、ちょっと待てよ……」

弥十郎が呼び止めるのに振り返りもせずに店を出た。

雨はまだ降っていたが、どうしても永井勘解由邸に出向いて、用人の深尾又五郎に会っておきたかったのだ。

五

栄三郎が、深尾用人を訪ねたのは、確かめておきたいことがあったからだ。

四年前に萩江を苦界から救い出した折、栄三郎は、森岡清三郎、日子の権助を殺害しながら、それを深尾用人には報せなかった。

おはつという遊女は大和京水なる上方下りの風流人が身請けをして根津から出たと、妓楼の者達は思っている。

おはつに性質の悪い虫が付いているのは知れていたが、その悪い虫であった破落戸二人は仲間割れで死んでしまった。

おはつのその後を知ろうとする者などあるまいし、まさか三千石の旗本家の奥向きで、老女・萩江として暮らしているとは夢にも思うまい。

それゆえ、二人を斬ったことは、自分の胸の内にだけ留めてきた。

そして、今までまったく何事もなく日々が過ぎた。しかし、森岡が乾分の権助の他に遊女・おはつと塙房之助の間柄について語っていないとも限らないという不安はあった。

森岡が金蔓（かねづる）にしている秘事を、おいそれと他人に話すとは思えなかったが、〝大和京水〟から五十両を巻き上げると決まった時、気が浮かれてつい誰かに喋ってしまったとも考えられる。

もし、塙房之助が永井勘解由の婿養子となり、その姉で苦界に沈んでいたおはつも、永井家によって助け出され、今では奥向きの老女を務めていると知ったとしても、永井家は勘定（かんじょう）奉行を務めた旗本である。

それを言いたてたとて、危ない目に遭うだけだと諦めるであろうが、中には命知らずの者もいて、これをちらつかせて小遣（こづか）い銭（せん）をせびるかもしれない。

栄三郎は内心その流れを心配していた。

実は今までにそんな輩がいて、ごく内々に済ませてきたのかもしれない。

森岡は悪党ではあるが、新見一之助とは親しかったようだ。思いの外（ほか）悪党仲間の繋がりもあったのではないか。

さらに、先日の武芸指南の折、萩江はいつになく思いつめた様子で、

「わたくしは、この御屋敷に参らぬ方がよかったのかもしれませぬ……」

別れ際にこんな言葉を告げたのが、今でも栄三郎の胸に突き立っていた。

「俄（にわか）にお訪ねいたしまして申し訳ございませぬ……」

本所石原町の北方にある永井勘解由邸に着くと、栄三郎は深尾又五郎へ取次を請い、顔を見るや深々と頭を下げた。

深尾用人は秋月栄三郎贔屓であるから、

「何を遠慮することがござろう。先生は、当家縁の御仁ではござらぬか」

いつもと変わらず喜んで迎えてくれたのだが、栄三郎の俄なおとないと、彼の真顔を一目見て、

「何事かある……」

と、察したようであった。

「くだらぬこととお叱りを受けるかもしれませんが、本日は夢見が悪く、何やらいても立ってもいられずに参上いたしました」

栄三郎は、真っ直ぐに深尾を見て言った。

「はて、どのような悪い夢を見たのでござるかな」

深尾はさらりと応えたが、声には張り詰めたものがあった。

「萩江殿のことでござる」

「ほう……」

深尾の表情に動揺が浮かんだ。

「わたしを当家縁の者と申されるならば、隠さずお教え願います……。四年前にお助け申し上げてよりこの方、萩江殿の出自について、言い立てる者が、現れませんでしたか」

一気に訊ねた。

深尾用人は、それには応えずしばし黙考したが、やがて低い声で、

「ちと、この場でお待ちいただけぬかな」

と、言い遺すと、栄三郎を玄関脇の八畳間に留め置き、一旦その場を外した。

――やはり何かがある。

剣術の修行を積み、裏町で用心棒稼業に身を置き、市井に出て取次屋の看板をあげて暮らす秋月栄三郎である。いつしか騒擾の気配を胸騒ぎとして鋭敏に覚えるようになっていた。

今までも気になっていたことなのだ。もっと早くに深尾用人にだけは、胸の不安を伝えて話し合っておけばよかったと悔やまれた。

小半刻（約三〇分）もせぬうちに深尾用人は戻ってきて、

「殿が、会いたいとの仰せでござる」

と、告げた。

「お殿様が……」

深尾又五郎が、まさか勘解由に会いに行っていたとは思わず、栄三郎は目を丸くした。

「殿におかれては、夢見が悪いと雨の中来てくだされた先生に、随分とお喜びでござるぞ」

こういうところ、又五郎は臈たけていて、相手の心を上手に和ませる。

栄三郎は、ある覚悟を決めて、勘解由を中奥の広間に訪ねた。

張り詰めた気に包まれているかと思いきや、勘解由はいささかも機嫌を損なうことなく、いつもの鷹揚さそのままに栄三郎を迎えた。

「又五郎から聞いた……。よくぞ来てくれた。ちょうど先生と話したかったところでな。まず近う……」

勘解由は傍へ寄るように促すと、栄三郎と二人だけになるよう計らった。

さすがは勘定奉行として手腕を発揮しただけのことはある。和やかな中にも、相手の気を呑み、自分にだけ向かせる心地よい緊張を巧みに造りあげていた。

栄三郎は勘解由ににじり寄ると、

「これは畏れ入りまする」

平蜘蛛のごとく平伏した。

「実はな、取るに足らぬことと打ち捨てておこうか、そなたに知恵を借りようか決めかねておったのじゃ」

勘解由は淡々と話す。

「萩江殿の御身に関わる何かが、出来いたしたのでござりましょうか」

「うむ、怪しげな投げ文があってのう」

「投げ文……」

「これじゃ……」

勘解由は懐から、結び文を取り出して、栄三郎の方へとすべらせた。

「御免くださりませ」

一読して栄三郎の目に炯々たる怒りの炎が燃えあがった。

結び文を広げてみれば、

〝女郎あがりの弟が　三千石の世継　笑止千万の僻事なり〟

と、記されていた。

これは三日前の夜半、堀の外から中奥の庭に投げ込まれ、奥用人を務める椎名貴三郎が見つけ、すぐに勘解由に伝えた。

貴三郎は、勘解由の奥方・松乃（まつの）の甥（おい）で、信厚き臣である。萩江を慕っているし、彼女の過去も知っている。

それゆえ大きな動揺はなかったが、この嫌がらせに激怒したという。

永井家の家中の者は、萩江が房之助のために苦界に自ら身を投じたという過去を、おぼろげに知っていた。

わざわざ報せることではないが、萩江が家中の者達から慕われるにつれて、勘解由は少しずつわかるように仕向けた。

家中の結束が固い永井家である。房之助の聡明（そうめい）で慈愛に充（み）ちた人となりに、

「さすがはお殿様が見込まれたお方……」

と心酔しているだけに、萩江のとった行動に胸を打たれたのだ。

武家社会では、身分不相応の縁組は出来ぬのが慣例である。それを、並々ならぬ決意と根回しをもって房之助を婿養子にした勘解由は、下働きの奉公人に至るまで、絶対的な存在である。

それゆえ、このような中傷には団結して立ち向かわねばならないと、貴三郎などは意気込んだのだが、投げ文があったことをわざわざ萩江に報せる必要はない。とりあえず、用人・深尾又五郎と房之助と、数人だけに報せて、屋敷の警備を強化した。

しかし、投げ文はひとつだけではなく、同じ物が奥向きの庭にも深夜に半弓によって放り込まれていた。

萩江が率いる奥女中達は、日頃より秋月栄三郎による武芸指南を受け、絶えず緊張を欠かさない。たちまち奥女中の一人がこれを見つけ、すぐに萩江の手に文は渡ったのだ。

「萩江は気丈に振る舞うていたが、己が卑しき身のせいで、迷惑をかけたと打ち沈んでいたというわけじゃ」

勘解由は落ち着いた口調で言った。

「左様でござりましたか……」

栄三郎は歯噛みした。やはり萩江の身に厄難がふりかかっていたのだ。それゆえ、この屋敷には来なかった方がよかったのではないかと己が定めに頭を悩ませたのだ。

以前、栄三郎の剣友・陣馬七郎の妻となったお豊が、当家に身を寄せている時にも同じようなことがあった。

お豊は不幸な身の上で、上州倉賀野のやくざ者の囲われ者になっていた昔があり、それを七郎によって救われ、一旦、永井家の奥向きで預かってもらったのだ。

それを悪党共は、永井家出入りの商人を通じてお豊に脅迫状を送り揺さぶりをかけた。秋月栄三郎、松田新兵衛の活躍で悪党共は捕えられ事無きを得たが、この度は半弓まで使って投げ文をするなど、真に大胆不敵な所業である。

しかも、永井家養嗣子の姉である萩江を中傷するとは怪しからぬ。

「萩江が苦界に身を沈めていたのは確かなことじゃ。わざわざ触れて回ることもないゆえ黙ってきたが、いつかわかる時もあろうと思うていたし、隠したわけでもない。堂々として打ち捨てておけばよいが、投げ文の主が何を考えているのか、ちと気になってな……」

「ごもっともなことにござりまする……」

栄三郎は威儀を正して、

「お殿様におかれましては、萩江殿が妓楼におられた時に、付きまとっていた破落戸がいたことは御存じにござりまするか」

「それは萩江から聞いたが、そなたが上手く捌いてくれて、その後、仲間割れで命を落したと……」

「その実、仲間割れではのうて、この栄三郎が一存で、後腐れなきようにと斬ったのでござりまする」

栄三郎は、その時の様子を打ち明けて、今まで黙っていたことを詫びた。勘解由は

じっと聞き入っていたが、

「秋月栄三郎という男を知る内に、もしやそのような仕儀ではなかったかと思うたが、いや、よくぞそこまでしてのけてくれたのう。礼を申すぞ」

神妙な面持ちで感じ入った。

森岡清三郎が五十両を要求してきたと伝えれば、永井家としては体面上、苦慮せざるをえない。それゆえ栄三郎の一存で、斬り捨てれば永井家としては、森岡殺害についてはまったく与り知らぬと済まされる。

「その辺りのことを慮ってくれたのじゃな」

「それもござりまするが、ただただ森岡とその乾分が憎く、斬らねば気が済まなかったのでござりまする。今となってはそれが浅はかであったかと……。こ度の投げ文の一件には、森岡の仇を討たんとする者が関わっているのかもしれませぬ」

「森岡なる者が斬られたのは当家の差し金であったと……」

「敵はそのように捉えたのかと……」

「その、憎き永井を揺さぶった上で、何かを仕掛けてくると申すのだな」

「いかにも左様で……」

近々、永井房之助は将軍家への御目見得が叶う運びとなっている。下らぬ風聞や、争いは避けておきたいところであった。もしや敵はその辺りをも見越しているのかもしれない。

暗黙の内に、勘解由は栄三郎の不安を解していた。

「先生は、己が短慮で永井の家に迷惑を及ぼしたと考えているのかもしれぬが、それは心得違いと申すものだ」

「いや、しかし……」

「萩江をそっと助けて屋敷へ連れてくるよう深尾又五郎に命じたのはこの勘解由である。それにあたって、先生が二人を斬ったのは止むをえぬことであったし、我が差し金であったのは確かじゃ」

「お殿様……」

感じ入る栄三郎に、勘解由はニヤリと笑ってみせて、

「さりながら、命を懸けて二人斬ったのは、当家への気遣いだけではなかろう。萩江を思うてくれてのことだと見たが相違なかろう」

「萩江殿を思うてなど、畏れ多うござりまする。わたくしはただお気の毒に思い……」

「気の毒に思うただけ、ではつまらぬのう」

「お許しくださりませ……」

栄三郎は、汗をかいた。勘解由は栄三郎の萩江に対する恋情を見抜いている。

「ははは、からこうたわけではないのだ。先生のような男に、想いをかけてもらえるならば、萩江も幸せであろうに……。そんな心地になったまでじゃ」

「ありがたき幸せに存じまする。まず、その投げ文の主が何者なのか、探索いたしまする」

「頼んでよいか」

「お確かめになるまでもござりませぬ」

「逸(はや)らず、そっとな。こ度の一件にはまだまだ続きがあるような気がいたす」

「確(しか)と承(うけたまわ)りましてござりまする」

「それから、手習い師匠が疎(おろそ)かになっては町の皆に迷惑がかかる。椎名貴三郎を遣わすゆえ、よきように使ってやってくれ」

「忝(かたじけの)うござりまする……」

　そうして栄三郎は御前を下がった。

――お訪ねしてよかった。

森岡と権助を斬ったことが間違いでなかったと、勘解由の言葉を聞けた。萩江への恋情を読まれているようで居心地が悪かったものの、勘解由は身分違いをわきまえぬ所業であると、栄三郎に不快を示さなかった。

――これで心おきなく働ける。

萩江の過去を揶揄(やゆ)する者は、決して許さない。取次屋としての後始末のためにも、栄三郎は、再び命を懸けるつもりであった。

屋敷を出る時は、既(すで)に浪人剣客風に装(よそお)う、椎名貴三郎が付いてきた。

深尾又五郎は門まで送ると、

「少しでも動きがあればお伝えくださるように……。殿はいざともなれば、一歩も引かぬお考えでござるぞ」

栄三郎にそう告げた。

貴三郎は、すっかりと意気込んでいて、

「いったい何奴の仕業なのでしょう。投げ文などとはまったく子供騙しだ……」

水谷町への帰り道、興奮気味に語った。

「貴三郎殿、よしなに頼みますぞ」

「これは永井家に関わる大事でござる。何なりとお申しつけくださりませ……」

椎名家では持て余され、永井勘解由に預けられた頃は、利かぬ気で我儘(わがまま)ばかりが目に付いたが、勘解由に諭され、栄三郎と触れ合い、今や頼りになる若侍として成長した貴三郎であった。

栄三郎は、彼を連れて帰るや又平と三人で先の段取りを夜更けまで確かめ合った。

栄三郎は、萩江への恋情の他は、包み隠さず、二人に告げたから、貴三郎は元より又平は、

「あっしはいつだって旦那のために、この命を投げ出すつもりでおりやす」

と、興奮に身を乗り出して、両の拳を握り締めたのである。

六

「あ、いや、左様でござるか。うむ、まあ、殿には手習い所のお手伝いをするようにとも申し渡されておりますゆえ、務めさせていただきまするが……」

翌朝。

栄三郎は、少々肩すかしを食ったような表情の貴三郎に手習い師匠の代教授を頼んで〝手習い道場〟を出た。

取次屋が繁盛すると現れる代役に、手習い子達は慣れている。たまに違う手習い

師匠に教わるのもおもしろいと、これはこれで子供達からの受けも悪くはないのだ。

子供達からの歓迎を受けると、貴三郎も満更(まんざら)でもなく、少し学者を気取って講義を始めた。

栄三郎にとっては、腕の立つ代役がいるのが何よりもありがたい。

森岡清三郎と、かつてはつるんでいたという新見一之助は、〝手習い道場〟の所在を知っている。

件の投げ文の主が、森岡絡(がら)みであれば、ここに魔の手が及ばぬとも限らないのだ。

栄三郎はまず、大傳馬町二丁目の旅籠(はたご)〝近江や〟を訪ねた。

先日、一之助が泊まっていた宿である。

あの雨の日以来、一之助からは便(たよ)りもないし、五人を斬った一之助が、ここにいるとは思えなかったが、先日訪ねた折の様子では、一之助は江戸に落ち着く先がない場合は、ここを定宿にしているように思えた。

小さな手がかりを摑めるかもしれぬと、まず訪ねてみたのだ。

「さて、先日お泊まりいただいてからは、おいでになってはおりませんねえ……」

〝近江や〟の主は申し訳なさそうに応えたが、その目の奥には、栄三郎が訪ねて来た真意を探らんとする輝きがあった。

危険とは隣り合わせに生きる新見一之助が定宿にしているのだ。この主も、まったくの堅気(かたぎ)ではあるまい。先日、この宿に一之助を訪ねた時からそのように見ていたのである。

「一之助が立ち廻りそうなところに心当たりはないか。ちと会って確かめておきたいことがあってな……」

栄三郎は、少し思わせ振りな物言いをした。

「はて、そこまでは……」

主は首を傾げてみせる。

「左様か、ならば他を当たってみよう」

日頃の愛嬌(あいきょう)をここでは見せず、栄三郎は不機嫌な表情を浮かべて〝近江や〟を出た。

もし、裏で主が一之助と繋がっているならば、一之助は栄三郎が自分を捜し回っていることに不審を覚え、接触してくるのではないか。栄三郎はそれを期待したのだ。

悪質な投げ文の元を捜さんと、永井勘解由に誓ったが、それは容易(たやす)いことではない。

投げ文があった夜。屋敷の周囲に怪しい者はいなかったか、永井家の家中が隈無(くまな)く当たってみたが、手がかりは摑めなかった。

敵は動揺を与え、慌てさせておいてから、ここぞというところで行動を起こすつもりかもしれなかった。そのような中で今、栄三郎が考えられる唯一の手がかりは、森岡清三郎を知る一之助であった。

あの折、萩江にまとわり付く森岡の身上についてもっと詳しく調べておくべきだったと、今になって後悔する。

房之助の姉を見つけたからには、一刻も早く請け出さねばならなかった。それにはまず森岡と権助の始末をつけねばならず、刻をかけていられなかったのだ。

森岡清三郎殺害と、この度の投げ文の一件とが繫がっているというのは未だ推察の域を出ないが、まずこの線を疑うべきであろう。

南町奉行所の前原弥十郎に相談する手もあるが、萩江の秘事に関わることを、弥十郎に知られたくはない。密かに斬って捨てたのは栄三郎であるから、あの一件を掘り返したくはなかった。

ともかく栄三郎は、永井邸と繫ぎを取りつつ、一之助からの接触を待つしかなかった。

〝手習い道場〟に戻ると、栄三郎は手習いを終えて手持ち無沙汰にしている貴三郎を相手に、素面で剣術稽古をして、又平の帰りを待った。この日、又平は根津へと、森岡清三郎とその乾分・日子の権助について聞き込みに出ていた。

心の迷いを一旦収めるには稽古が何よりだ。

「先生は前からこんなに強うござったか……」

立合ってもまるで敵わず貴三郎は舌を巻いた。怒りが支配している時の栄三郎は特に強い。

「わたしはどうも奥手でござってな……」

照れ笑いを浮かべる栄三郎であったが、この晩春に、萩江を妻に望んだ旗本・十河弥三郎を、永井邸武芸場で開かれた稽古会において完膚なきまでに打ちのめした姿を見たところである。

――松田（新兵衛）先生にも引けはとらぬ。

貴三郎が瞠目するのも無理はない。

栄三郎は来たるべき戦いを肌で覚えていた。

夜になって又平が戻ってきた。

「いや、人ってえのは、くだらねえ野郎のことはすぐに忘れてしまうもんですねえ……」

又平は開口一番こう言うと溜息をついた。

かつて森岡が住処にしていた百姓家も今はなく、

「そういやあ、そんな悪い野郎がいたなあ……」

二人共仲間割れで死んだとは覚えていても、どんな暮らしをしていたかとか、どんな仲間が出入りしていたかなど、まるで覚えていなかったという。

「そうかい。無理もねえな。そもそも関わり合いたくもねえ奴らだものなあ……」

栄三郎は又平を労いつつ渋い表情を浮かべた。栄三郎が二人を斬ったのは件の百姓家であったが、新見一之助がそうであったように、腕と悪行で生きる浪人者が、一所に落ち着くことはない。すぐに忘れられるのは道理であった。

又平は、栄三郎扮する〝大和京水〟が〝おはつ〟から〝お松〟と名を変えて出ていた萩江を請け出した〝えびすや〟にも行ってみたが、主の治兵衛は既に死んでいて、僅かな間しか出ていなかった〝お松〟のことも、〝大和京水〟のことも知る者はほとんどおらず、萩江をここに鞍替えさせた森岡を覚えている者もいなかった。

「ただ、根津界隈じゃあちょっとは知れた博奕打ちに会うことができやしてね。その兄さんの話じゃあ、森岡清三郎はその場しのぎの小悪党で、これといった仲間も後ろ楯もなかったが、森住亮之介という凄腕の浪人とはよく会っていたとか……」

「森住亮之介か……」

栄三郎は唸(うな)った。前原弥十郎が話していた、一之助が森岡と同じくつるんでいたという不良浪人である。

そう考えると、森住亮之介は、不良浪人達の中で穏然たる力を持っていて、森住が一之助と森岡を繋いだのかもしれない。

だが、この森住の行方もわからない。弥十郎の話では、身を寄せていた稲見屋なる商家が闕所になった後、姿を消していたのが、先頃向嶋辺りで見かけた者がいるとのことであった。そう考えると、こ奴がどうも気になる。

気が昂ぶり、眠れぬ夜を過ごすと、翌日に早速、変化が起きた。

この日、栄三郎は一日様子を見るために〝手習い道場〟に詰めていた。

又平は貴三郎と連れ立って、今日も根津に出かけていた。

手習い所の様子が珍しいのか、時折、外から窓越しに中を覗く通りすがりの者がいる。

多い時は、三人くらい格子窓の向こうから子供達の様子を見て目を細めているのだが、そういう見物人の存在は、栄三郎にとっては顔が合ったりすると照れくさく、気まずいものだ。

早くどこかへ行ってくれと、ちょっと睨んでみたりするのだが、昼になって見覚えのある顔があった。

大傳馬町の旅籠〝近江や〟の主であった。

栄三郎は、子供達に習字をさせると外へ出て、主の傍へ寄った。

「お取り込み中のところ申し訳ございません」

主は栄三郎に恭しく頭を下げた。

「取り込み中というほどのものではないさ。わざわざ来てくれたのかい」

栄三郎は昨日とは一変して、人を惹きつけるいつもの笑顔を見せた。

「それが、あれから夜になって新見の旦那がお越しになりましてね。先生の話をしたら、夕刻の七つ（午後四時頃）に、両国の稲荷まで来てもらいたいと……」

〝近江や〟の主は、早口に伝えた。

「そうか、おぬしに言伝を頼んだのだな」

「はい。とにかくお伝えいたしましたので、わたしはこれで……」

主は言い置くと、逃げるように立ち去った。

恐らく詳しくは聞いていないのであろう。そして、今日の遣いに不穏な気配を悟っているのだ。

栄三郎は、あれこれ思いを巡らせながら、この日も早めに手習いを切り上げた。

やはり〝近江や〟は、新見一之助が定宿にしているだけあって、世の中の裏事情にも通じているようだ。

あれから一之助が顔を見せたなど嘘であろう。一之助を訪ねて来る者があれば、逐一報せるようにと、日頃からの繋ぎの形が出来ているのに違いない。

それが一之助にとっての用心なのだ。

——あれから一之助は江戸に潜んでいた。

そして、一之助が黒松組の五人を斬った夜、栄三郎もまた、かつて女のために二人斬ったと告げたのを、頭の中で森岡清三郎、日子の権助に繋げたのかもしれない。

となると、この呼び出しは、栄三郎を斬ろうとしてのことなのか。

たとえば森住亮之介なる浪人が、森岡の仇を討たんとしていて、一之助は森住に何らかの義理があり、栄三郎を誘い出した……。

しかし、一之助は栄三郎の居処を知っている。わざわざ呼び出すまでもあるまい。

その上に、両国稲荷とだけ告げたのは、かつて柳橋で用心棒をしていた頃の、そこが集合場であったという懐かしさを含んでいて、殺伐としたものを覚えないのだ。

又平と椎名貴三郎は依然帰らない。

栄三郎は、書き置きをすると二重底の硯箱にそれを潜ませた。又平との合図はいつもそうしていた。

さらに、薄い鉄板が要所に縫い付けられた手甲、脚半を身につけ、無銘の刀を腰に差した。これは野鍛冶の父・正兵衛が一世一代息子のために鍛えた業物である。

目指すは両国の稲荷社。ここは両国橋と柳橋の間にある。裏手の川沿いは柳並木で、社の境内との間にひっそりとした一画が形成されている。二つの橋と広小路の喧騒が嘘のように静まり返っていて、栄三郎は少し込み入った用心棒の仕事を頼まれた時は、ここで仲間と落ち合い、相談をしてから出かけたものだ。

夕刻の七つともなれば、慌しく橋や往来を行く人々の陰となって、人気はすっかりなくなる。何が起こるかわからぬが、単身でないと相手は現れないであろう。

栄三郎は悠然として足を踏み入れた。

その身はいざという時のために、橋番所へ通じる道筋に近いところに立っている。

石町の鐘がすぐに響いたが、新見一之助はすぐに現れず、小半刻近くたってから小走りにやって来た。

「待たせたな……」

一之助の顔色は先日よりも尚悪かった。

栄三郎はにこやかに頷いた。まだ一之助が自分にとって敵と決まってはいないのだ。

しかし、栄三郎の緊張は出立を見ればわかる。一之助は、何とも切なそうに笑みを浮かべた。

「おれを捜していたようだが、森岡清三郎のことを聞きたかったのか」

一之助は静かに言った。

「ああ、そうだ。一さんとはどのような仲であったか知りたくてな」

「お京と別れて旅に出た折に知り合った。食い詰めていたおれに、森岡は酒と飯を与えてくれたのだ」

「あのような悪党にも慈悲の心はあるのだな」

「さて、おれの腕を見込んでのことだろう。奴は悪知恵は働くが、腕はこけ威しでな。栄さんはよくわかっていよう」

一之助は、意味ありげな物言いをした。

「いつわかった……?」

「先だっておれが五人斬った時だよ。雨の中話すうちに、森岡が骸になって見つかった前の日、奴がおれに話した〝大和京水〟という通人が、栄さんと重なった」

「そうか……。身請け話を決めた後、奴に強請られた。それで夜を待って斬ったのだが、その間に一さんは森岡と会っていたんだな」

「ああ、五十両手に入る、おれを守ってくれと言われた」

「だがあの夜、一さんはいなかった」

「あの場にもしいれば、おれもろ共、斬ったかい?」

「奴の味方をすれば、そうしただろうな」

「そうか……。栄さんこそ、おれが森岡と馴染があることをよくわかったな」

「蛇の道は蛇……、というより、一さん、お前の名がそれだけ売れていたということさ」

「やはり、栄さんの前に顔を出さなきゃあよかったよ」

「おれは会えて嬉しかったがな……」

「栄さん……、おれが森岡の仲間だったことが許せないかい」

「一さんこそ、おれを森岡の仇だと、ここへ呼んだんじゃあないのかい」

栄三郎と一之助は互いに間合を空けた。

いつ抜き打ちが出るか警戒してのことだ。二人とも両手は腰にあった。瞬時に左手は太刀の鞘に、右手は柄に届く。

しばし睨み合いが続いた。互いに相手からの殺気を己が力に変えんとして緊張を漲(みなぎ)らせていた。

「ひとつ訊こう……」

やがて栄三郎が口を開いた。

「一さんは、〝大和京水〟が請け出した女のその後を知っているのか」

「いや、知らぬ。知りたくなかった」

「真か……」

「ああ、おれは森岡に用心のため、しばらく身を守ってくれと頼まれたが、気が進まなかった。苦界に沈む女を食い物にする、奴の性根が気に入らなかったからだ」

「お京という女の面影が浮かんだのだな」

一之助はしっかりと頷いた。彼の総身から栄三郎へ発する殺気は消えていた。

「それゆえ、翌日、森岡が死んでいたのを見て、どこか胸の痞(つか)えが取れた。これで森岡と関わらずに済むと思ったのだ」

「そうだったのか……」

「だが、おれは、品川で〝おはつ〟の名で出ていた女が、〝お松〟と名を変え根津で〝大和京水〟つまり秋月栄三郎に落籍されたことまでは知っている。栄さんが、惚れた女をどうしてやったのかはわからぬが、そこまでの事情を知るおれの口を塞がねばならないのではないのか……」

「いや、女のその後を詮索せぬと誓ってくれるなら、一さんは、この先もおれの友だ……」

栄三郎は満面に笑みを湛(たた)えて一之助を見た。一之助の口許がたちまち綻(ほころ)んだ。

「栄さん、おれはとんでもない思い違いをしていたようだ。用心棒を長くしていると、心が歪(ゆが)むものなのだな」

一之助は、永井邸への投げ文にはまったく関与していない。それは、今一之助が返す頰笑(ほほえ)みを見れば明らかであった。

「いや、このおれも、一さんが森岡の仇討ちをしようとしているんじゃあないかと……。とんだ思い違いをしていた」

「栄さんが助け出した女に、何か異変が起こったのだな」

栄三郎は黙って頷いた。

「森岡の仇を討とうとしているのは、森住亮之介という男だ」

一之助は少し思い入れをして言った。

「森住亮之介……」

「森岡から引き合わされた浪人者だ。この男のお蔭で、おれは江戸に逃げ場を見つけることができた」

「恩義があるというのだな」

「恩義はある。森岡の仇討ちをするゆえ、一枚加われと言われたが、おれはどうも気が乗らず、奴の許から黙って出てきた」

「そんなことをして大丈夫なのかい」

「恩義なら、お京を助けてやってくれた、栄さんの方が重い」

「一さん……」

「おれは、もう何年も生きられまい。せめて、罪滅ぼしをして死にたいんだよ。これから江戸を出る……。だがその前に……」

一之助が言葉を続けようとした時であった。柳の向こうから唸りをあげて飛び来る半弓の矢が一之助の胸に突き立った。

「一さん！」

栄三郎は、倒れ込む一之助を支え、樟の老木の陰に移り抜刀して身構えた。

樟の樹に二の矢が突き立っていた。

「おのれ……」

栄三郎は、一之助とのやり取りにほっとして気が緩んだ自分に腹が立った。

ところが、向こうの木陰で叫び声がした。

木の上から石礫が霰のように降ってきて、射手の頭に命中したのだ。

柳の木の上には又平がいた。件の書き置きを見てここまで駆け付けたのだ。

頭から血を流した浪人がよろよろと出て来た。それと共に大兵の二人が抜刀して木陰から出て来た。

「御無事で！」

栄三郎の傍へ椎名貴三郎が駆け付けた。

「頼む！」

栄三郎は一之助を託して躍り出るや、射手の腕に一刀をくれ、半弓が射られぬようにした上で、大兵二人を迎え撃った。

二人は又平が投げつける石礫に苦戦した。

「ええいッ！」

栄三郎の怒りの一太刀が、右手の一人の胴を薙いだ。血しぶきをあげて倒れた仲間を見て、左の一人は逃げた。しかし、その際そ奴の白刃が半弓の一人の首を斬り裂いていた。口封じをしたのだ。

「待て！」

貴三郎はこれを追ったが、男の逃げ足は速く、川沿いの柳並木の下を駆けると、たちまち人込みに紛れていた。

「一さん！　一さん！」

栄三郎は、一之助を抱きあげ突き立った矢を慎重に抜いた。

「すまない。おれがおかしな疑いをかけたがために、一さんは……」

一之助の顔には死相が浮かんでいたが、ただただにこやかであった。

「栄さん、何も言うな。お前のお蔭で、好い死に方ができた」

「しっかりしろ！」

「森住亮之介に気をつけろ……、奴には後ろ楯がいる……」

「その野郎は、どこにいやがるんだ……」

「千駄木の屋敷……」

「千駄木の屋敷？　旗本屋敷か……」

一之助は、にこりと頷くとさらに何かを告げんとしたが、それはまるで声にならなかった。一之助は息絶えた。

「一さん、お前は好い奴だったよ……」

栄三郎の目から涙が溢(あふ)れ出た。

木の上から降り立った又平は、やりきれずに、

「橋番所へひとっ走りして、前原の旦那に来てもらうよう言って参りやす……」

鼻をぐずぐずいわせながらその場を離れた。

空に黒雲がかかってきた。

雨よ降れ。降ってこのやりきれぬ哀(かな)しみを何もかも洗い流してくれ——。

栄三郎は天に祈った。

「森住亮之介……」

こ奴が、投げ文の一件に関わっているのは明白だ。

その後ろ楯が誰であろうと斬ってやる。

「一さん、おれが苦界から助けた女は今、永井様という三千石の御旗本の御屋敷で、御養子の姉君として暮らしているのさ。そしてなあ、おれはその女(ひと)が堪らなく好きなんだよう。ははは、おかしいだろ。一さん……」

栄三郎の想いは天に通じた。

ぱらぱらと降ってきた雨が、またたく間に滝のような勢いで、友を抱く栄三郎の体を、痛いほどに叩きつけてきた。

第四章　夢の女

一

「新見一之助は始末したんだな」

「ああ、しかしこっちも二人やられた」

「一之助と一緒にいたのは何者なんだ」

「それがよくわからぬ。二人で何やら話をしていたゆえ、余計なことを喋ってはいかぬと、そ奴も一緒に殺してしまおうと思ったのだが……」

「思いの外腕が立った上に、他にも助っ人がいたというわけだな」

「左様……、昔馴染と会っていただけかもしれぬし、永井勘解由の手の者かもしれぬ」

「その者共の面体は確と見たか」

「いや、辺りは薄暗かった上に、斬り結んだのはほんの僅かな間であったゆえ、よく覚えておらぬ。半弓の口を封じねばならなかったしな」

「ならば、一之助を襲った三人の内、こうして口を利けるのはおぬしだけということだな」

「いかにも……」

大柄の武士は少し誇らしげに応えた。

この男は、両国の稲荷に向かう新見一之助の跡を追い、彼を襲撃し逃げた大兵の浪人者であった。

「あの二人は、どこの誰とも知れぬ流れ者だ。屍をさらしたとて、どうということもあるまい……」

もう一人の男はにこりともせず、

「いかにも、貴公と同じだ」

蔑むように言った。

さすがに浪人者は気色ばんだ。

「森住、口が過ぎよう！」

「役に立たぬにおいては同じことだと言うたまでよ……！」

その刹那(せつな)、血しぶきがあがった。

音もなく倒れたのは、大兵の浪人者である。

斬ったのは〝森住〟と呼ばれた同じく浪人者――。

彼こそが森住亮之介である。

南町奉行所同心・前原弥十郎が、性質(たち)の悪い浪人で、腕利きの用心棒であると評し、新見一之助が今わの際(きわ)に、

「森住亮之介に気をつけろ……、奴には後ろ楯(だて)がいる……」

と、秋月栄三郎に言い遺(のこ)した悪人であった。

そして森住亮之介は、栄三郎が人知れず闇(やみ)に葬(ほうむ)った森岡清三郎の仇討(あだう)ちを企(たくら)んでいるという。

「ふん、使えぬ奴よ……」

森住亮之介は、刀の血を懐紙(かいし)で拭(ぬぐ)うと、ゆっくり鞘(さや)に納(おさ)めて呟(つぶや)いた。

今、彼が拠(よ)る広大な屋敷の一画に、深い闇が訪れようとしていた。


翌日。

秋月栄三郎はというと、夕刻になって本所石原町の北方にある、永井勘解由邸中奥の書院にいた。

新見一之助の一件についての報告に来たのだ。

あの争闘には、永井家の家士である椎名貴三郎も腕を揮(ふる)っていて、前原弥十郎の取り調べを共に受けていた。

あれから、又平が橋番所に走り、弥十郎と繋(つな)ぎをつけてもらうよう頼み、幸いにもすぐに弥十郎と会うことが出来た。

「もし一之助が訪ねて来たら、くれぐれも危ねえことはするなと、先生の口から伝えてやってくんな……」

と、過日栄三郎に言ったのは弥十郎であった。

「旦那(だんな)に言われて気になりましてね。それで一之助が定宿にしている〝近江や〟に訪ねてみたら、その時はいなかったものの、後で旅籠(はたご)に一之助が立ち寄ってうまく繋ぎがついたんですよ」

そうして一之助に会いに行った先で、思いもかけず一之助が何者かに狙(ねら)われているのに遭遇して、巻き込まれたのだと栄三郎は説明した。

その場には、永井家家中の士で、今特に栄三郎が剣術指南をしている椎名貴三郎と又平がいたので共に一之助を助けたのだが、既に一之助は事切れていたと――。

〝近江や〟の主も、栄三郎の言う通りだと弥十郎の調べに応えたから、

「親切心から会いに行ったたってえのに、とんだ災難だったたな……」

弥十郎は、まったく疑わず、

「やっぱり新見一之助は、おかしな連中とつるんでいやがったんだな。おれの読みは正しかったぜ……」

少し悦に入っていた。

死んだ浪人達も、まるで身許がわからず、不良浪人達のいざこざということで、一旦済まされたのだ。

弥十郎にとっては、新見一之助もまた、別段殺されても悲しむ者はいない輩なのであろう。

それが何ともやり切れなかったが、同道していた椎名貴三郎は、三千石の旗本である永井勘解由の家臣で、勘解由夫人の弟・椎名右京の次男である。

右京もまた、役高千五百石である持筒頭を務める立派な旗本であるから、その血筋だけでも弥十郎を信用させるものがある。

この日は朝から、用人・深尾又五郎が、

「色々と御足労をおかけした由……」

と、弥十郎の組屋敷に挨拶に出向いたので万事穏やかに済んだのである。

永井邸の書院には、勘解由と深尾又五郎、養嗣子・房之助、貴三郎、そして栄三郎がいた。

皆、一様に張り詰めた様子であったが、勘解由は泰然自若として、このような事件を楽しむような余裕さえ見せていた。

「先生、まずはよくしてくれたものじゃ。礼を申すぞ」

「いえ、新見一之助を死なせてしまったのは、わたくしの油断でございました」

「その者のことは残念であったが、お蔭で森住亮之介なる者が、投げ文に関わっていることが知れたようじゃ」

「はい。千駄木の武家屋敷に潜んでいるようにございますれば、そこがどこなのか、探ってみるつもりにござりまする」

栄三郎は、一之助が言い遺した言葉については弥十郎に言わなかった。

永井家の外聞を憚ってのことであるが、前原弥十郎の頭の中にも森住が関わっているのではないかという疑念が浮かんでいるであろう。

そのあたりがこの先の探索をややこしくするかもしれぬが、雲を摑むような話から、少し光明が見えてきた感があった。

「さりながら、森住の存念がまるで読めませぬ……」

深尾又五郎が渋面を浮かべた。

この日、改めて栄三郎は、萩江を救い出す折に森岡清三郎とその乾分・権助を斬った事実を又五郎、房之助、貴三郎に告げた。

皆一様に栄三郎の義挙を称えたのであるが、その森岡が永井家によって抹殺されたと思い、仇を取ってやろうと、投げ文で揺さぶりをかけてきたというのには、又五郎はどうも違和感を覚えるのだ。

永井家は三千石の旗本である。そこに喧嘩を吹きかけるのは、それなりの賭けである。大きな危険が伴う。

話を整理すると、森住亮之介はそのような危険を冒してまで、死んだ仲間の仇討ちに立ち上がるような男とも思えない。

仲間に引き入れようとして断られた新見一之助に追手をかけたのも、なかなかに執拗である。

「余ほど欲得ずくでなければ、ここまでのことはいたさぬかと……」

「御用人の仰せの通りでござる」

栄三郎は相槌(あいづち)を打った。

「森住にはとてつもない後ろ楯がついていると一之助は申しておりました。森住は森岡のことを土産(みやげ)に、御当家に害をなさんとする者と結託しているのではないかと思えてなりませぬ」

「うむ、身共(みども)もそのように考えておる」

栄三郎の推量に、勘解由は深く頷(うなず)いた。

「御家に害をなす？　まさかそのような……」

貴三郎は憤慨(ふんがい)したが、

「そのような者がいたとて何もおかしゅうはない」

勘解由は若い貴三郎を諭(さと)すように言った。

「房之助も肝(きも)に銘(めい)じておくがよい。この先、そなたも上様に見出(みいだ)され、御役に就(つ)くであろう。それが旗本にとっては何よりの栄誉であり、永井の家の隆盛に繋がる……」

「はい……」

今度の騒動は、自分が永井家の婿(むこ)養子に入ったがために起きたのであると、房之助は気が気でなく、終始畏(かしこ)まっている。

「しかし、そなたが御役に就けば、誰かが役にあぶれる。御役に就いて腕を揮えば、喜ぶ者もいれば困る者も出てくるものじゃ。いくら正義を貫いたとて、恨む者は必ず出てくる。ままならぬことばかりが世の中と心得よ」

「御言葉、確と肝に銘じまする」

房之助が頭を下げるのをにこやかに見ながら、

「森住なる浪人は、いったいどのようなところで生きてきたのじゃ」

と、栄三郎に問うた。

「腕が立つゆえに、香具師の大物、大店の商家に雇われることが多かったと申します」

「うむ、知られているところでは……」

「はい、前原弥十郎殿の話によれば、特に稲見屋で重宝されていたと」

「稲見屋……」

勘解由の表情が曇った。

用人の深尾又五郎の眉間にも深い皺が寄っていた。

「左様か……。少し見えてきたのう」

勘解由はそんな又五郎をからかうかのように言った。その仕草には己が因果を嘲笑うやり切れなさが含まれているように見える。

「稲見屋は、商いの仕方が不届きということで闕所になったと聞きましたが、お殿様とは何か関わりがあったのでございましょうか」

　栄三郎は上目遣いに訊ねた。

「闕所に追い込んだのは、他ならぬこの永井勘解由じゃ」

　勘解由は落ち着き払って応えた。

「左様でございましたか……」

　一座の面々は皆それぞれに思い入れをした。

「稲見屋か……」

　勘解由はその名をつくづくと口にした。

　稲見屋の主・金右衛門は、金が金を呼ぶ世にあって、両替商の表看板を掲げつつ、次々と江戸の大店を傘下に収めていった。

　そのためには、合法違法の手段は選ばず、またそれを覆い隠さんとして金を各方面にばら撒いた。

　そのばら撒き方も巧妙で、公儀の要職に就く者達は皆、気がつけば稲見屋の金を受け取っているという具合であった。

　何とかせねばならぬ――。

清濁併せ呑むのが永井勘解由の身上で、彼は勘定奉行の折に、数々の事績をあげていたのだが、〝濁〟に〝清〟が呑み込まれるのは命に換えても止めねばならぬ。常日頃よりそれを己に言い聞かせてもいた。

だが稲見屋を潰すのは一筋縄ではいかない。

勘解由に理解を示す、時の老中・戸田采女正に諮り、表向きには金右衛門との対立を避け、涼しい顔をしながら、裏で稲見屋の非道を調べあげ、その証拠が将軍家に届くよう奔走したのである。

そして、稲見屋に便宜をはかってきた役人に、出来る限り咎が及ばぬように気を配ったことが功を奏し、稲見屋は闕所となる。金右衛門は己が油断を嘆きつつ、江戸を去る折に神奈川湊に向かう船の水難によって命を落としたのである。

「では、金右衛門の無念を晴らさんとする者がいて、森住亮之介を操り、永井の御家に害をなさんと……」

怪しからぬと貴三郎は怒りを顕わにした。

「ここだけの話だが、金右衛門は死んだと見せかけ、実は生きているのではないかと言われている」

「何と……」

「金右衛門は抜け目のない男であった。闕所になったとて、何れかに金を隠していたはずじゃ」

「その隠し金で、浪人共を雇い、房之助様の出世を阻み、貶めてやろうとしている。有り得る話でござりまする」

又五郎は、合点がいったと頷いた。

「あの折のことが因となっているならば、稲見屋だけには止まるまい」

稲見屋を追及した折、勘解由は、事件に連坐する諸役人には罪が及ばぬよう気を配ったが、それでも看過出来ず、召し放ちになったり腹を切った者も何人か出た。

この者の中の誰かが一味に加わっているかもしれぬと勘解由は言う。去り行く者の無念を慮り、その後勘解由は体調不良を理由に勘定奉行を辞し、今に至るのだが、

「いつかこのようなことが起こるやもしれぬと思うていた。投げ文は狼煙のようなものに過ぎぬ。房之助、それゆえ堂々と構えているがよい。そなたを武家の慣例に逆うてまで当家の婿養子にいたしたこと。萩江を屋敷へ迎えたこと。悔いのかけらもない。くれぐれも気に病んではならぬぞ。よいな」

そして、恐縮することしきりの房之助を激励したのである。

「ははッ！　ありがたき御言葉、確とこの胸に……」

房之助は感激にその身を震わせた。

「さて、この先見えぬ敵が、いかに姿を現しよるか、それを楽しみに迎え撃ってやろうではないか」

当主の力強い言葉に一座の心はひとつになった。

栄三郎は、言いしれぬ興奮に体中が震えるのを禁じえなかった。

——本物の武士はいるものだ。

芝居や講釈に出てくるような武士に憧(あこが)れて、剣術を始めたものの、権威をかざし、保身に走る武士に幻滅をした栄三郎であったが、井の中の蛙(かわず)であったと己が無知を恥じた。

このような御家の大事に、自分は今深く関わりこれほどの殿様の信を得ていると思うと、震えはなかなか止まらなかった。

「投げ文ひとつで騒ぎ立てては物笑いの種じゃ。次の出方を見ようではないか。その間、先生、そっと取次屋の腕を揮ってはくれぬかな。そうっとな……」

勘解由はそんな栄三郎の様子が頬笑(ほほえ)ましく、にこやかに告げた。

「ははッ！　そっと探ってみまする。これはわたくしにとっての後始末でもござりまするゆえ……」

「それと、萩江が打ち沈んでおる。ちとついでに稽古をつけてやってはもらえぬか」

「畏まってござりまする……」

「房之助、そなたが差配いたせ」

思いもかけず萩江への武芸指南を頼む勘解由に、栄三郎は蛇に睨まれた蛙のごとく体を硬直させていた。

二

永井勘解由の御前を下がった後。秋月栄三郎は永井家養嗣子・房之助に連れられて、奥向きの武芸場へと向かった。

「奥向きに武芸場があって、真にようござった……」

房之助は長い廊下を歩みながら感慨を込めて栄三郎に言った。

「斯様な折には、先生に姉上を託すことができまする」

「託すなどとは畏れ多うござる」

栄三郎は、奥向き全体の稽古ではなく、萩江の気晴らしとして特に指南してやってくれという勘解由からの言葉にいささか戸惑っていた。

　この三年の間、奥向きの稽古はいつも張り詰めた緊張の中、和やかに行なわれた。
だが今日は勝手が違う。己が過去を中傷の道具に使われたのである。萩江の心痛は
いかばかりかと察する。
　房之助には栄三郎の心情がわかるのであろう、
「何も言わずとも、ただ稽古をつけてくだされればようござる。姉上は先生の姿に触れ
るだけで心が安らぐというもの……」
　しみじみとして言った。
　房之助は萩江が栄三郎に特別な想いを抱いていることを十分に察している。
「房之助様……、何か思い違いをなされておりませぬか。わたしはただの武芸指南、
確かに四年前、萩江殿をお捜し申し上げ、この御屋敷へとお連れいたしましたが、そ
れも御用人からのお話を受け、仕事として務めたことに過ぎませぬ。わたしの姿に触
れただけで心が安らぐ……、それは買い被りというものでござりまする」
　栄三郎は、房之助の言葉が嬉しかったが、きっぱりと自分の立場をわきまえた物言
いをした。
　萩江が栄三郎の姿に触れると心が安らぐ——。それは、自分の出自を知る気安さ
と、武芸指南としての敬意によるものである。心の奥底にある栄三郎と萩江の恋は、

永井家においては決して表に出してはならぬのだ。

「はて、買い被りでござるかな……」

房之助は切ない表情を浮かべたが、それ以上は何も言わなかった。

自分を世に出すために、自ら苦界に落ち、金を残した後は一切の消息を絶った姉への想いは誰よりも強い房之助であった。

その姉を見つけ出し、この数年は姉が生きるよすがとしていた奥向きでの武芸稽古をつつがなく務め、いつも温かい目を向けてくれた秋月栄三郎は、房之助にとっては誰よりも姉を託せる人であった。

そして、栄三郎も萩江を思ってくれているはずだ。それが今の栄三郎のすげない言葉から聡明な房之助にははっきりわかる。

姉を思ってくれているからこそ、栄三郎はしっかりと間を取ろうとしているのだ。

今はただ黙って栄三郎に傷心の萩江を託すしかないと房之助は考えた。

「まず、よしなに……」

勘解由は栄三郎に何か言いたいことがあるのではないかと、房之助に武芸場へ連れて行くよう命じたのであろうが、この言葉の他には何も見つからなかった。

それが房之助にはまどろこしかった。

栄三郎は武芸場に入ると淡々と身支度を調えて萩江を待った。

やがて現れた萩江はいつもと同じ真白き稽古着姿で、精一杯の笑顔を浮かべて栄三郎に一礼した。

「ちょうど気がふさいでいるところでござりましたゆえ、このような時分にお稽古が叶い嬉しゅうござりまする」

今日は、投げ文の一件で屋敷に来ているものと知りつつ、そのことへの不安などおくびにも出さず、たちまち武芸稽古に臨む凛とした面持ちとなり、栄三郎の指南を受けた。

「ならば小太刀の稽古と参ろう……」

栄三郎も真剣な目差しを崩さず、今まで二人を結びつけてくれた、気楽流の武術の数々に謝するかのように二人で稽古に打ち込んだ。

栄三郎が型の手本を見せ、萩江がこれに倣う。時に萩江の打ち込みを栄三郎が受け、稽古は小太刀から棒術となり、薙刀に変わった。

二人だけの実のある稽古は半刻（約一時間）もあれば十分である。

栄三郎は、この日の総評を、

「よく上達をなされました。この技を大事に、くれぐれもお命を大切になされませい」

と、締め括り大きく頷いてみせた。

萩江の目からは大粒の涙がこぼれ落ち、瓜実顔の白い頬に一条の光を生した。

何度死のうと思ったことか——。

その苦悩が噴き出して涙となって現れたのだ。

「わたしは、萩江殿を生かすために出稽古をお引き受けいたしたによって……」

「忝うございます。先生も、くれぐれも御無理をなされませぬように……」

萩江もまた栄三郎の身を案じた。この度の一件で栄三郎は命を賭して自分を守ろうとしているのではないかと、思えてならなかった。

生きていてさえくれたら——。

その願いが二人の心身に力を与えていた。

これが最後の二人だけの一時になる予感を胸に覚えつつ……。

栄三郎が、水谷町に帰った頃には、すっかり夜も更けていた。

椎名貴三郎と共に永井邸を出て、石原町から船を仕立てたのだが、夜とはいえ念のため塗笠を被り、慎重に帰路についた。

この先、永井家の別動隊として密事に携わるゆえの用心で、先日、新見一之助が襲撃された時に、逃げた一人に顔をさらしていたので栄三郎、貴三郎共に面体を改めていた。

栄三郎は総髪を中剃りにして、武芸者らしく髭を剃らずにいた。

貴三郎は宮仕えゆえの月代を伸ばし、美しく剃りあげていた顔には不精髭を生やし、荒くれの剣客浪人を装っている。

若い貴三郎にとっては、こんな細工を施すことも胸をわくわくとさせるようで、

「貴三郎殿も、すっかりと人が変わったように見える……」

と、栄三郎を感心させるほどに、意気込みを示している。

〝手習い道場〟に戻ると、又平と駒吉が待ち構えていた。栄三郎と貴三郎が永井家で事の次第を報告している間、二人は早速、千駄木に向かい、怪しい武家屋敷がないか探ってきたのである。

駒吉は、過日奇しくも再会した昔馴染の裁縫師匠・おくみと、ゆったりとした恋路を歩んでいたのだが、いくら本業の瓦職が忙しかろうが恋しい女がいようが、栄三郎と又平の一大事を黙って見ていられる男ではない。

見慣れぬ椎名貴三郎が逗留したり、近頃、どうも物々しい〝手習い道場〟の様子

が気になって、又平を訪ねて問い詰め、

「おれも取次屋の一人だ。手伝わせろ」

と、又平に同行したのだ。

実際、この探索は危険が伴う。かつて共に覚えた軽業を、今は瓦職の仕事に活かしている駒吉は又平以上に身軽で、栄三郎に習う剣術の腕もなかなかのものだ。

又平にしてみれば願ってもないことだが、

「お前をあんまり危ねえことに巻き込みたくはねえのさ」

と、堅気の仕事も恋も順調な友を気遣った。

「馬鹿野郎、お前一人が好い恰好するんじゃあねえや！」

それでもこう怒られると是非もなかった。

「そいつはすまなかったな。駒が助けてくれると百人力だ」

栄三郎は素直に駒吉の助けを喜んだ。

「だがな。今度の仕事はいつもとわけが違う。三千石の御旗本の御名に関わることだ。心してかかってくれ」

「合点承知……」

駒吉は力強く頷いた。

義侠の精神を尊ぶ貴三郎は、取次屋の歯切れのよいやり取りを楽しそうに見ながら、

「某は椎名貴三郎だ。貴三と呼んでくれ」

と、駒吉に人懐っこい目を向けた。

「へい、畏れ入りやす。駒と呼んでやっておくんなさい」

駒吉は、又平から血筋のよい武士だと貴三郎のことを知らされていたから、思いの外にくだけた様子の貴三郎に好感を抱いた。

「いや、おれの呼び名などどうでもよかったな。まず今日の成果を問うた。千駄木の方はどうであった」

貴三郎も駒吉を大いに気に入って、まず今日の成果を問うた。

「恐らく、森住亮之介って浪人が出入りしているのは、笠井卓左衛門という旗本の屋敷のようで」

駒吉は勇んで応えた。

「無役の千石取りで、堅苦しい宮仕えはできねえものの、そこそこ腕も立ち頭も切れるようで、やくざな口入屋の真似事をしているとか……」

又平が続けた。

「ほう、よくわかったな」

貴三郎は感心したが、

「へへへ、大したことはございませんよ」

又平は駒吉と、照れ笑いを浮かべた。

「前は二人共、渡り奉公でお武家屋敷に出入りしておりましたから……」

今でも渡り中間をしている昔馴染は多く、どれもやくざな連中であるからその筋で問い合わせれば、たちまち大よその目星はつくのだ。

「なるほど、そのようなものか」

貴三郎はまたひとつ唸り声をあげた。

「それで、千駄木の屋敷には行ってみたのかい」

栄三郎が訊ねた。

「へい、あの辺りに屋敷はそれほど多くはありませんし、すぐに知れやした」

又平が、お上の御用を匂わして、近在の百姓の年寄りから話を聞くと、

「ああ、あのおっかねえ鬼屋敷でございますか……」

そんな応えが返ってきたという。

屋敷は団子坂の北に建ち並ぶ武家屋敷街から少し離れた、川と百姓地の間にぽつんと建っている。

又平と駒吉は二手に分かれてしばらく屋敷の様子を見張ったが、時折むくつけき浪人共が出入りしていて、いかにも鬼屋敷らしい。

殺された新見一之助も、人を斬った後などはここで潜伏していたのであるが、笠井卓左衛門は、腕のある浪人者を〝食客(しょっかく)〟の名の下に匿(かくま)っていた。千石取りの旗本屋敷に食客の一人や二人いたとておかしくはないし、町方役人の手が及ばないところであるから、食い詰め浪人にとってはこれほどありがたい仮寓(かぐう)はなかろう。

飲んで食べて、新たなる仕事が回ってくるのだから尚(なお)さらだ。

笠井にしても、浪人剣客の世話をしていると言いながら、〝食客〟達に刺客や用心棒などの仕事を斡旋(あっせん)すれば、仲介料が入ってくる。

腕利きを集めようと思えば、笠井屋敷に頼めばいいと、裏社会では評判が広がり始めているようだ。

「森住亮之介は、笠井屋敷に理由(わけ)ありの浪人を送り込んでいたのだな」

そして、ここに集まった腕利きに、森岡清三郎の仇を討ってやろうと、持ちかけた。森岡もまた笠井屋敷にはよく出入りしていたのであろう。

しかし、新見一之助はそこに不穏な気配を覚え、森住の誘いを断った。森住は一之助に何かを悟(さと)られたかと思い、念のため口封じに追手をさし向けた。

栄三郎はそのように読んだが、

「笠井卓左衛門がこの一件に絡んでいるのかどうか……」

という疑問が残った。

又平と駒吉が仕入れたところでは、笠井は過去を遡ってみても政に対する野心などは一切持たずにきた男であるようだ。

そのような男が、永井勘解由に恨みを抱き、陥れてやろうなどと、面倒なことに手を出すとは思えなかった。

無役であるのをよいことに、旗本の地位を活かし、香具師や口入屋のような真似をして、遊ぶ金を稼いでいる小悪党に過ぎぬのではないか。

それよりは、稲見屋の残党から金を積まれた森住が、笠井屋敷を上手く使いつつ、手下を確保して永井家に攻撃をしかけていると思う方が自然であろう。

「今日、見張った限りでは、森住亮之介らしき浪人者は見かけませんでした」

と、又平は言う。

森住亮之介の顔を知らぬのがもどかしかった。

「今日のところは引き上げましたが、明日からまた忍び込んででも調べてみます」

駒吉は意気盛んであるが、

「焦りは禁物だ。相手は一之助を始末した時に二人殺されている。それなりに気を引き締めていよう」

一之助が殺された時、永井家の臣・椎名貴三郎と共に助けに入ったと、栄三郎は前原弥十郎に伝えたが、

「旦那、くれぐれも秋月栄三郎と椎名貴三郎の名は表に出ぬように願いますよ」

と、念を押した。

森住一味がこれを知れば、永井家の武芸指南と奥用人が一之助と繫がっていた事実に不審を覚え、〝手習い道場〟を狙うかもしれなかった。

今は下手に動かず、相手に刺激を与えない方がよいのだ。

「それに、森住はもう笠井屋敷にはおらぬかもしれぬな」

栄三郎は、苛々とする想いを抑えて三人を見渡した。

千駄木の武家屋敷と、森住亮之介という浪人だけが手がかりであったのだが、少しずつ敵の姿が見えてきたものの、その実体を摑むにはほど遠い。

その想いを共有しつつ、三人は栄三郎の言葉に溜息をついて頷いた。

相手の次なる一手を待つしかない――。

「まあ、考えてみれば、永井様の御屋敷に子供騙しの投げ文があっただけのことだ。

ここは永井のお殿様のように、どっしりと構えていればよいのだ」

栄三郎は、いつもの明るさを前に出し、じっくりと森住亮之介の行方を追わんと、四人で確かめ合った。

だが、相手の次なる一手は、思わぬ形で起こったのである。

三

それから二日の間。

又平と駒吉は、千駄木界隈に出向き、森住亮之介の姿を求めた。

栄三郎は、貴三郎に手習い師匠を任せつつ、何か手がかりが摑めるかと、前原弥十郎との退屈な会話に時を過ごした。

貴三郎は、そっと永井家と繫ぎを取ったが、これといって見るべきものはなかった。

すると三日目の夕刻になって、深尾用人から繫ぎがあり、栄三郎と貴三郎は芝口の〝やまくじら屋〟に呼び出された。

深尾又五郎は微行姿で、供の者二人を下で待たせ店の二階の小部屋に現れた。

供の者は永井家家中において、腕を認められた若侍で、二人共浪人風体（ふうてい）に身を変えていた。

好物の猪（いのしし）の鍋（なべ）を食べられる店であるが、栄三郎はそれどころではなかった。

「いったい何が出来（しゅったい）いたしたのでござる」

酒にも肉にも手を付けず、低い声で問うた。

「それが、幸いというべきか、不幸せというべきか……」

又五郎は珍しく、端（はな）から沈痛な表情を浮かべた。

「新たな投げ文をせんとする者がいて、これが火付盗賊改（ひつけとうぞくあらため）に捕（とら）えられたのでござるよ」

「火付盗賊改に……？」

栄三郎と貴三郎は顔を見合って首を傾（かし）げた。

件（くだん）の投げ文があってよりこの方、永井家では、適宜、屋敷周りの見廻（みまわ）りが家士によって続けられていた。

だが、その間隙（かんげき）をついて投げ文をせんとした浪人者が一人、永井邸の様子を窺（うかが）っていた。

折しも、火付盗賊改・来栖兵庫（くるすひょうご）が、石原町界隈に潜伏しているという盗賊の探索のため、自らが微行姿で巡回をしていた。

来栖は、三十歳という若さで先頃、火付盗賊改に任官した文武に秀でた熱血漢で、危険を顧みず陣頭指揮を執ることで知られている。

この浪人者を怪しい奴と捉え、そっと動きを追った。

だが、投げ文の浪人もなかなかに頭が切れて、来栖の尾行に気付き、

「死ね……！」

と、いきなり斬りつけてきた。

まさか火付盗賊改の長が、盗賊を追って来ているとは思いもかけなかったのだ。

来栖兵庫は、神道無念流を修めた練達の士であるが、年齢的にも力が有り余っている。

浪人の激しく殺伐とした一刀を受けると、自ずと体が反応して、これを撥ねあげ袈裟に斬っていた。

「しまった……」

と、悔やんだものの、浪人は絶命していた。

だが、斬らねば斬られていたかもしれぬほどの腕で、何者であろうかと調べたところ、懐中から六方剣型の手裏剣が五個も出てきた。それにはいずれも、文が結ばれて

あった。

さては盗賊共の合図かと、文を広げてみて驚いた。

その文には、

〝永井房之助この者姉を売ったる儀真に不届き
養父はこの姉を連れ戻さんとて
女の知り人を無惨に殺害いたせし
武士にあるまじき言語道断の所業なり〟

と認められてあった。他の四通も同じ文面である。

来栖は驚いた。

名家である永井勘解由を中傷するものであったからだ。しかも六方剣に括られてあったところを見ると、投げ文をせんとしていたのであろう。

来栖は当惑したが、放ってもおけず、今朝になって、永井邸をそっと訪ねた。

その上で応対に出た勘解由に昨夜の一件を語り、投げ文にせんとしていたのであろう結び文を見せた。

「この文については、まだ誰の目にも触れさせてはおりませぬ。さりながら六方剣に結ばれた文は五通。某が斬って捨てた者は、御当家だけではなく、他所の屋敷へも投げ込もうとしていたきらいがござりまする。役儀上放っておくわけにも参りませぬ。思い当たることはないかお聞かせ願いとうござる……」

表沙汰(おもてざた)にはせず、まず勘解由に伺いを立てに来たのは、真に心得た仕儀であった。

「それは忝うござった」

勘解由はまず礼を言うと、

「思い当たることはないかと問われれば、覚えはござる。とは申せ、別段隠し立ていたしたわけではござらぬ。また、何恥じることもござらぬ……」

投げ文に書いてあることはただ永井家を貶めるものであると存念を伝えた。さらに養嗣子とした房之助と萩江との美しい姉弟の情を余すことなく語り、房之助の願いによって萩江の存在を知り、世馴(よな)れた〝大和京水〟なる出入りの者を遣って、苦界から助け出し、当家の奥向きに迎えたのだと語った。

「〝女の知り人〟とは、萩江にまとわりついていた破落戸(ならずもの)でござったが、仲間割れで死んだと聞いてござる」

「しからば、文は言いがかりということになりまするな」

来栖はいつしか、勘解由の寸分も悪びれたところのない受け応えに感心をして、好意的な物言いになっていた。

「いや、もし仲間割れで死んでおらねば、どうせ身共が手を尽くして討ち果したことでござろう」

勘解由は、無惨に殺害したとて当たり前の悪党であったのだと念を押した。

「事情はよう呑み込めましたが、何者かが御当家を陥れようとしているのは確かでござる。決して表沙汰にはいたしませぬゆえ、不届き者を我らの手で見つけ出し、相応の裁きを受けさせとうござる」

来栖兵庫は、我が事のように憤り、膝を進めた。

「お気持ちは忝うござるが、投げ文ごときの嫌がらせで火付盗賊改に泣きついた……、などと思われては傍ら痛うござる」

勘解由はこれを遠慮したのだが、

「武門を重んじられる御家風には感服仕るが、既に賊は夜道において、某を斬ろうと刀を抜いておりまする。この後、その無法が罪無き者に及ぶやもしれぬ……。目に見えぬ賊を捕えるのが我が務めにござる。また、その術に長けてもおりまする。御家の傷になるようなことはいたしませぬゆえ、御心当たりをお聞かせくださりませ」

来栖は理を説いた。

確かに来栖の言う通りである。

勘解由はこれ以上拒むことも出来ず、八年前に起こった稲見屋を巡る一件が尾を引いているのかもしれぬと伝え、

「悪いようにはいたしませぬ」

という来栖兵庫の申し出を受け入れた。

来栖の評判は予てより勘解由の耳にも届いていた。彼が御先手組組頭となった折には顔を合わせてもいた。優秀な番方である彼ならば、敵の正体をたちまち突き止めてくれるのではないかと期待がもてた。

「まずお任せくださりませ」

来栖は爽やかに胸を叩くと、大川端の辻番所に安置してある、件の投げ文の浪人の骸を検めるよう勧めた。

永井邸にそっと運んでもよいが、それではいかにも永井家に関わりがあるように見られる恐れもある。

来栖は、あくまでも通りすがりに見つけた不審者として、心当たりがないか付近の武家屋敷に問い合わせている体をとった。

それゆえ、辻番所には永井家の他からも、火付盗賊改方からの要請を受け、骸を検分に来る諸家の士が次々と訪れた。

その中に紛れて、勘解由は用人・深尾又五郎を始め主だった家来を数名連れ、自ら検分に出た。

その際、来栖兵庫は勘解由の姿が目立たぬよう巧みに取りはからってくれたという。

「投げ文を持っていたという浪人には、殿も某も、誰も心当たりはなかったのでござるが、泣く子も黙るという火付盗賊改方が探索に乗り出してくれることになったというわけで……」

深尾又五郎は、混乱した頭の内を整えようと、冷や酒を小ぶりの茶碗でぐっと飲み干した。

「なるほど、幸いというべきか、不幸せというべきか……。御用人のお気持ちはよくわかります」

栄三郎も、心身をほぐすために、冷や酒を呷った。

再び投げ文をせんとした男が、それを見咎められたのはわかるが、火付盗賊改となれば、かえって永井家の騒動が喧伝されることにならないか。

それでも又五郎の話によると、来栖兵庫は実に勘解由に対して親切で、己が職責に対する責任感と考え合わせても、頼りになる存在であるといえる。

「しかし、火付盗賊改方が出てくるとなれば、こちらの探索は控えた方がよろしゅうございますな」

栄三郎は苦笑い(にがわら)を浮かべた。

来栖兵庫という旗本は、なかなかのやり手であるようだ。この先は、配下を巧みに使って調べを続けるであろう。

ましてや、火付盗賊改方は、独自の探索をもって悪人を追い詰める機関である。

町奉行所は役方、つまり文官として町の治政に努めるわけだが、こちらは戦時にあっては先鋒(せんぽう)を務める御先手組の加役として形成されている番方、つまり武官である。

探索、取り調べには容赦なく、凶悪犯捜査にかけては一軍の統率をもって当たる凄みがある。

また、密偵や差口奉公と言われる手先などもきめ細かに配してことに当たるから〝取次屋〟の出番はなく、競合するような局面に出くわせば、こちらの身が危なくなる。

「まず玄人(くろうと)のお手並拝見と参りますか……」

酒の酔いが幾分(いくぶん)気持ちを明るくさせてくれたが、栄三郎は内心面白くなかった。

「いや、申される通りでござってな……」

又五郎も歯切れが悪かった。

今日、栄三郎と貴三郎を呼び出したのは、当面は、別動隊としての機能を止めて、様子を見るようにと伝えに来たのだ。

「まあ、曲者（くせもの）を一人斬り捨てたところ、そ奴が永井家に害をなさんとする者であったと知れれば、来栖様とて捨て置けぬであろう……」

貴三郎もまた、消沈の面持ちであったが、又五郎の言うことはもっともである。力無く畏まってみせた。

「さりながら、殿におかれては、ただ火付盗賊改に頼るというのも名折れである、永井家は永井家としてことに当たらねばならぬとの仰せでござる。先生にはしばらく様子を見ながら、三日に一度は屋敷に来て、評定（ひょうじょう）に加わってもらいたいとのことにて」

「畏まりました」

勘解由の気遣いが伝わってきて、栄三郎は嬉しかった。

「貴三郎殿は、しばらく先生の御役に立つようにとの仰せでござるぞ」

「承知仕りました」

貴三郎の顔にも生気が戻った。

肩すかしを喰ったような想いになったのは、又平、駒吉も同じであった。

特に又平は、先日、新見一之助の一件で、刀を揮う栄三郎の姿を見ていただけに、尚さらであった。

長く共に暮らしてきた又平には、このところの栄三郎の少し思い詰めた様子が気にかかっていた。

男には勝負をかけないといけない時がある。

捨子であった自分を拾って育ててくれた、軽業一座の親方・仁兵衛はよくそう言っていた。

仁兵衛がどこで勝負をかけたか、それは聞かぬまま死に別れてしまったが、秋月栄三郎にとっては今がその時なのではないか、それならば自分は、誰よりも大事な栄三郎を命がけで守ることが己が生涯における勝負であると意気込んでいたものを――。

――まあそれでも日々平安が何よりってもんだな。

そこは元来、能天気な又平である。陰気は不幸を呼び込むものだと思い定め、駒吉を誘って、栄三郎に剣術の稽古をみっちりとつけてもらった。

深尾又五郎と会ってから、栄三郎は、椎名貴三郎に気遣い、彼を相手に激しい稽古を始めたのでちょうどよかった。

体を使い、汗を流せばまたひとつ強くなった気がして、貴三郎、又平、駒吉は束の間屈託を晴らすことが出来た。

当面、永井家奥向きへの出稽古も取り止めとなっている。

栄三郎はそれだけでは足らず、手習い師匠を務めた後は、本材木町の岸裏道場に貴三郎を連れて、連日通った。

岸裏伝兵衛と、師範代を務める松田新兵衛は、大いに歓迎したが、その初日、稽古が終ると、

「そこまで送っていこう」

新兵衛は、栄三郎と貴三郎を〝手習い道場〟まで送り、その道中、永井家で起きている変事について語りかけてきた。

「大よそのところは、御用人から聞いたが、卑劣な奴もいたものだ」

松田新兵衛は、岸裏伝兵衛の後を継ぎ、今は永井家の剣術指南を務めている。ゆえに椎名貴三郎は新兵衛の弟子ということになる。

前日が出稽古日で、これは新兵衛にも報せておかねばなるまいと、深尾又五郎が耳打ちしたのである。

「すまぬ。おれの口からは言うべきではないと、今まで黙っていたのだ」

栄三郎は無二の友に詫びた。

「いや、おぬしの言う通りだ。いい加減なようで、こういうところの分別はしっかりしている。いかにも栄三郎らしい」

新兵衛はふっと笑った。

栄三郎は、新兵衛だけに、萩江への思いを打ち明けている。萩江を苦界から救い出した日の夜、森岡清三郎と日子の権助を斬った栄三郎であったが、新兵衛は親友の身に何事かあると察し、いざという時は助太刀をせんとして、そっと栄三郎の跡をつけて見守った。

その時の因果が今、永井家に巡ってきた。それを何よりも栄三郎は気に病んでいるであろう。新兵衛は友の様子が気になって仕方がなかったのだ。

「今までおれが築いた、ありとあらゆる伝手を尋ねて、見えぬ敵をあぶり出してやろうと思ったが、親切な火付盗賊改のお出ましで、出る幕もなしってところさ」

「だが、お咲はほっとするだろう」

新兵衛の新妻・お咲は、秋月栄三郎の剣の弟子であり、恋い慕い続けた新兵衛と夫婦になれたのも栄三郎の存在無しには考えられなかったと思っている。身を案じるのは当然のことだ。

「と言っても、まだ詳しい話は伝えてはおらぬが」

「岸裏先生には……？」

「心配なされてもいかぬと、先生にもまだお伝えしてはおらぬ」

「うむ、何よりだ」

「ただひとつ申しておく。いざという時は、このおれも必ず共に戦う」

「ふッ、ふッ、それは助かる」

「おれを出し抜くなよ」

「わかったよ」

「ならばよい。それだけを伝えておきたかったのだ」

新兵衛は、ずしりと重たい声で言い置くと、剣友二人のやり取りを、深く感じ入りながら見ていた貴三郎に頰笑み、またずしりずしりと岸裏道場へさして歩き出したのである。

四

来栖兵庫の探索は勢いを増していた。

「まず森住亮之介を捕えねばなりますまい」

と、配下を四方へ飛ばし、自らは笠井卓左衛門の屋敷を訪ねた。

このあたり、町奉行所と違って火付盗賊改方は遠慮がない。

たとえ大名屋敷であろうが、盗賊の探索となれば同心身分の者でさえ乗り込んで家中の者に詰問をしたというから凄まじい。

「森住亮之介なる浪人が御当家に出入りしているとお聞きいたしたが。当方に引き渡してもらいとうござる」

来栖は、笠井に談じ込んだ。

しかし、笠井もなかなか食えぬ男で、

「はて、某は剣術好きでござってな。腕の立つ浪人を食客として遇してござるが、そのような名の者はおりませぬ」

のらりくらりとかわした。

恐らく、このような時のために、食客の名は別に付けてあったと思われる。

「ならば、森住が名を騙り、こちらに厄介になっているやもしれませぬな。その食客とやらに面談させていただこう」

来栖は、森住亮之介の面体を知る手先を既に見つけて帯同していた。

有無を言わせぬ来栖の勢いに、笠井は抗しきれずこれを許した。

来栖は配下を率いて屋敷内にいる浪人達を一人残らず引見した。

さすがに森住亮之介は、抜け目がなく屋敷にはいなかった。

新見一之助の口封じがはかばかしくいかず、逃げ帰った一人を斬り、骸を始末した後、屋敷を出たのである。

笠井卓左衛門は、ただ屋敷を提供して、腕利きの用心棒を派遣する手間を稼いでいたに過ぎぬようだ。

「これはとんだ御無礼をいたしました。仰せの通り森住亮之介はおりませなんだ。さりながら、食客の中に、我らが探索いたしておりました不届きな浪人が二人交じっておりましたゆえ、これは連れて帰るといたそう」

言うや、配下の荒武者が、二人の浪人に襲いかかり、たちまち高手小手に縛りあげた。

「この後、食客を迎え入れられる折は、確とその者の素姓を検められるよう、御進言申し上げる。また、屋敷内での博奕もお控えめされよ。改めて見参仕る」

来栖は炯々たる目を笠井に向けて厳しく言い放つと屋敷を引き上げた。

笠井卓左衛門は戦慄した。

千石取りの旗本屋敷。立地も片田舎で目立たず、町方役人も近寄らなかったゆえに油断していた自分を恨んだ。

火付盗賊改・来栖兵庫の名は聞き及んでいたが、まさかこの屋敷に現れるとは思いもよらなかった。

「改めて見参仕るだと……」

支配に付け届けをして何とかやり過ごすことは出来まいか。ひたすら謹慎すれば、来栖は意外と話のわかる男かもしれない――。

落ち着きなく頭を抱える様子を見ると、やはり笠井卓左衛門は、永井勘解由を陥れてやろうというほどの大悪党とはまるで思えなかった。

来栖兵庫は、その夜医者の姿となって、そっと永井邸に単身現れた。

「念の入ったることにて、真に畏れ入りまする……」

永井勘解由は、恐縮しつつも見事な化けっぷりに感心して顔を綻(ほころ)ばせた。

火付盗賊改が出入りするところは、極力見せぬようにとの配慮であろうが、ここまで徹底するのは珍しい。また似合っているだけにどこか頬笑ましく思えたのだ。

「色んな姿に身を変えられるのが、火付盗賊改の楽しみでござりまして」

来栖は照れ笑いを浮かべた。

武士として生まれてきたが、もしそうでなければ、何をしていただろうか。どのような暮らしを送るのが楽しいのであろうか。時折そんなことを考えるのだという。勘解由はおもしろがって、

「生まれ変われるとすれば、医者がようござるか」

と訊ねたが、

「いや、医者の形(なり)は、武家屋敷への出入りがし易いゆえ好んでいたしまするが、医は仁術と申します。番方の家で育ち、何事にも力をもって当たって参った身には、仁術がいかなるものか、最早(もはや)生まれ変わったとてわかりますまい」

来栖は少し切なげに応えた。

「なるほど、火付盗賊改という御役も、勤め上げれば、随分(ずいぶん)と心が疲れるものなのでござろうな。はて医者でなければ何がようござろう」

「いっそ男芸者などになって、毎夜のごとく歌舞音曲に浮かれて暮らすのも悪うはござらぬ」

「ははは、それならば心も疲れますまいな」

「いや、これは戯れ言が過ぎましたな」

来栖はたちまち真顔となって、

「本日は、笠井卓左衛門殿の屋敷を訪ねましてござる」

と、今日の成果を報せた。

森住亮之介は姿を消していたが、連行した二人の浪人者を取り調べると、数日前まで確かに屋敷に食客として逗留していたことがわかった。

「さらに、このところ笠井屋敷では、食客の出入りが激しくなっていたと……」

これは、森住が腕の立つ浪人を高給で何かの仕事に誘ったからだと、捕えられた浪人は言った。

森住は、笠井卓左衛門に、まとまった金を屋敷で暮らす家賃として渡していたらしい。

「恐らく森住亮之介は、用無しの浪人共を捨て、腕利きの浪人だけを選んで、どこかの隠れ家に移し替えたのでござろう」

「そこを根城にこちらを攻めようとしているのでござるな」

捕えた二人の浪人者は、新見一之助ほどには森住から認められなかったのであろう。その腹いせもあるようで、あれこれ森住の情報を自ら話し始めたという。

「森住に用無しと思われたのが、悔しかったのでござりましょうな……」

お蔭で森住の立ち廻り先や、かつての仲間など聞き出せたのだ。

「それらを次々と当たり、怪しき者は片っ端から捕えて詮議いたせば、隠れ家の在り処も必ずや捜し当てられましょう」

「頼もしき限りでござる」

勘解由は威儀を正して、

「森住は腕利きを集めるために、相当な金を注ぎ込んでいるようでござるな……」

じっと宙を見つめ、あらゆる記憶を辿った。

猛烈な勢いで町を駆け回り、手がかりを掴んでいく来栖兵庫に対して、勘解由は勘定奉行時代の日誌をひもとき、あの稲見屋の一件を思い出すことで、見えぬ敵を炙り出さんとしていた。

だが、稲見屋金右衛門が生きているのではないかという疑念については、何故か来栖には問いかけずにいたのである。

来栖兵庫の戦果については、すぐに永井家から、秋月栄三郎が拠る〝手習い道場〟にもたらされた。

椎名貴三郎が微行姿で永井邸に出向き、聞き取って来たのである。

「なるほど、火付盗賊改には敵わない……」

栄三郎は苦笑するしかなかった。

何といっても、細かな手続きは後回しにして、怪しき者が目に入れば、どこであろうと片っ端から引っ立てていくのである。

これほど楽なことはない。

荒っぽい武士の前には手も足も出ず、連れていかれると拷問が待っている。

罪があろうがなかろうが、咎人は出来あがっていくのだ。

――おれは、火盗改のこういうところが嫌いだ。

そうは思っていても、この分だと遅かれ早かれ、投げ文の主は捕えられ、なにゆえの犯行であるのか吐かされ、一旦騒ぎは終息するであろう。

だが、いかに三千石の大身とはいえ、一人の旗本に対して、火付盗賊改の任にある者がこれほどまでのお節介ともいえる肩入れをするとは、いくら正義感が強いとて、首を傾げるしかない。

貴三郎もそこが解せずに、深尾用人に問うたところ、

「房之助殿へのお近付きの印でござる……」

その疑念に、来栖兵庫はこう応えたという。

近々、将軍家に満を持して御目見得が叶い、必ずや公儀において出世が望まれる房之助に己が人生を託したのだと、来栖は勘解由に悪びれもせずに語ったそうな。

来栖は火付盗賊改として、歳にそぐわぬ事績をあげている。優秀であるがゆえに優秀な者を知る。

番方に生きる自分が、この先役方で大いに活躍するであろう房之助の力を借りねばならぬ日がくると見越しているのだ。

その話しっぷりが堂々としていて、

「それならば、当家も遠慮のう厚意を頂戴しよう」

と、勘解由も応えた――。

貴三郎はそこまでの話を聞いてきたのだ。

「左様か、お殿様がそのように仰せならば、案ずることもなかろう……」

ますます自分の出番はないと思い知った栄三郎であるが、同時に来栖兵庫への興味

が湧いてきた。

来栖が笠井屋敷に乗り込んだ数日後、栄三郎は、四谷天徳寺にほど近い、御先手組与力・柊木政之介を組屋敷に訪ねた。

政之介は火付盗賊改の加役を務めたこともあり、その情報には詳しかろうと思ったのである。

政之介の父・政右衛門は、火付盗賊改方与力として腕を揮った画に描いたような番方の武士であった。

それがある日何者かに殺害され、火付盗賊改方はこれを政右衛門が追っていた盗賊の仕業であると断定した。しかし政右衛門の許で差口奉公を務めた源蔵という男が、これに不審を覚え長きにわたって真相を求めた末に、政右衛門は不正に絡んでいた仲間の与力に殺されたと突き止めた。

この源蔵を、栄三郎の父・正兵衛は大坂で世話したことがあり、その縁から栄三郎は源蔵を助け、見事に御先手組組頭を動かして政右衛門の仇を討った。

この一件は、あくまでも火付盗賊改方が内密裡に処断したので、当時栄三郎は政之介と気脈を通じたものの、それ以来会っていなかった。

しかし、あれから六年。事件も風化していよう。

この機会に会ってみようと思ったのだ。

政之介は現在火付盗賊改方の加役からは離れている。江戸城諸門の警備は、勤務も比較的緩やかで、この日も屋敷にいた。

「秋月殿！　秋月殿ではござらぬか！」

政之介もまた、そろそろ秋月栄三郎に会ってみたいと日々思っていたようで、俄なおとないにもかかわらず歓待してくれた。

源蔵は四年前に亡くなっていた。二人はそれを惜しむと、思い出話にしばし時を過ごした。

世情をよく知り、何事にも興をそそられる人となりは変わっていなかった。色白でおっとりとした顔付きは、この間に火付盗賊改方与力として腕を揮ったこともあり、日に焼けて精悍なものになっていた。

彼も三十半ばになったはずだ。すっかりと大人になった今なら、来栖兵庫に対する見方も確かなものであろうと、話を振ってみたところ、

「真に大した御方でござる……」

政之介は即座に応えた。

文武に長け、人心の掌握も巧みで、三十歳の若さで御先手組組頭を務め、加役とし

て火付盗賊改に就任したのも頷けるというのだ。

「何事もお勤め第一の御方のようですね」

「それは確かでござるが、風流心も持ち合わせておいでのようで、時折は愛宕下の料理屋などに繰り出して派手に遊ばれることもあるとか」

「ほう、それはおもしろそうな……」

「近頃では、茶の湯にも凝っておいでのようで、時折、ふらりと根岸に庵を結んでいる宗匠の許を訪ねたりしているようだと噂を耳にしてござる」

「そのようなところに行くのは、さぞかし市中の見廻りも兼ねておいでなのでしょうな」

「それもござろう。とにかく隙のない御方にて」

「さぞかし生まれてこの方順風満帆に参られたのでござろうな」

栄三郎は感じ入ってみせたが、

「いや、子供の頃は、利発過ぎたのでござろうか、あまり御両親からはかわいがられた思い出がないようでござるな」

それからしばし、政之介は来栖兵庫について語った。

兵庫の父・千代蔵は大番組頭を務める家禄三百五十石の旗本であった。妻との間に長く子供がなく、千代蔵四十歳の時に兵庫を授かった。

この時は妻女も三十を過ぎていたから、兵庫は健やかに育つのか心配されたが、万事武骨で地味な千代蔵に似合わぬ利発な子で、周囲の武士達は、

「鳶が鷹を生んだとはこのことだな」

と、笑い合ったという。

地味で控えめなのは妻女も同じであったから、才智に溢れる兵庫を持て余したのであろうか、

「母上には慈しまれた覚えがほとんどない……」

兵庫は成人してからつくづくと語ったそうである。

兄弟もなく、闊達な少年時代には既に母は亡く、父・千代蔵も老け込んでいた。兵庫は肉親の情には恵まれなかったようだ。

しかし、その分剣術に夢中になり、学問の方も特に算術に優れ、大人達からの受けもよかった。

二十歳の時に千代蔵が病死すると、家督を継ぎ、御書院番、小十人頭となり、先年、役高千五百石の御先手弓頭を拝命し、火付盗賊改の加役を受けたのだ。

英雄というものは、時に思いもかけぬ者の子として生まれ落ちることがある。それ

は神仏が下した奇跡なのであろうか。

しかし、出世を遂げたというのであれば、永井勘解由もまた、来栖兵庫にひけはとらない。

そもそもは役高三百五十俵の勘定組頭の子に生まれ、勘定吟味役から遠国奉行を経て、この間異例といえる知行(ちぎょう)三千石への加増を受け、勘定奉行に就任したのである。

そして勘定奉行として事績を収め、稲見屋を闕所に追い込んだ後、あっさりと身を引いた潔さは公儀の中でも称賛され、その復帰を多くの要人が望んだという。

それでも勘解由は体調を理由に致仕したまま八年を過ごし、その間に優秀な婿養子を探し出し、後事を託さんと養成したのは、己が命を一時も無駄にはせぬ人生の達人という他はない。

それを思うに、栄三郎は元より、誰に頼らずとも、この度の投げ文に始まる一件を収めてしまうだけの力は持っているのではなかろうか。

それを、来栖兵庫のなすがままになっているのは、若い来栖の手並を眺め楽しんでいるからか。奥の手を温存しているのか――。

どうも栄三郎は釈然としないのだ。

五

それから数日の間。

うだるような暑さが続いたが、来栖兵庫の動きもまたますます熱気を帯びてきた。

笠井邸から引っ立てた浪人者が吐いた情報を基に、さらに数名の破落戸を引っ立てて、ばしばしと取り調べにかけた。

来栖はそれを森住亮之介一派に気付かれぬよう目立たぬようにやってのける。

そして、医師の姿で時折勘解由に、その成果を報せた。

この間、養嗣子の房之助とも顔を合わせ、

「この度のことは痛み入りまする……」

投げ文の中傷の対象が自分と姉・萩江であるゆえ、恐縮する房之助に、

「いや、この先、房之助殿に用無しと思われては、某の先行きに関わりまするゆえ」

と、親しみの目を向けていた。

「あれ以来、他の屋敷へ投げ文がされたとは聞こえて参りませぬ。これは来栖殿が曲者を成敗されたのを知り、敵が恐れているゆえと存じまする……」

房之助は、火付盗賊改が出張っていると知り敵は尻込(しりご)みをし始めたのであろうと見ていたが、

「無論それもあろうが、敵は火付盗賊改に投げ文の中身が知れたことで満足をしているのだ……」

と、勘解由は見ていた。火付盗賊改が永井家の秘事に触れることを知り動き出せば自ずと投げ文の内容は世間に広がっていくであろう。この先は次の手を打たんとしているのではないか――。

房之助はなるほどと相槌を打った。

火付盗賊改が、これほどまでに永井家の体面を慮って動いているとは、敵も思ってはいまい。

「気になるのは、次の手がいかなるものかでござりまするな」

来栖もそれが気になっていた。

投げ文によって永井家を浮き足立たせた後、いかなる手に出るか。

「その弁明をせんとて、永井勘解由は方々へ出向くであろう。となれば屋敷を出ることが多くなる」

「そこを狙い、かつての仇を討つ……。某の想いと同じでござる」

来栖は神妙に頷いた。

「だがそうはさせませぬ。敵は恐らく近くに潜んでおりましょう。先手を打ち、正体を暴いてやりまする……」

それから二日後。

来栖はついに、森住亮之介の居処を突き止め、少数の精鋭をもって踏み込み、制圧した。

そこは、永井邸がある本所の対岸、今戸(いまど)から堀川(ほりかわ)を少し遡ったところにある船宿であった。

永井邸の門は、いずれも大川に臨んでいる。森住は手下を船で大川へ送り込み、船上から永井邸を見張らせていた。

来栖が配した密偵が、対岸の今戸で船を漕(こ)ぎ出す男が、森住とつるんでいた浪人仲間に似ていると見て、これに気付いたのだ。

元より来栖は大川の水上を警戒していた。

そこから配下を見張らせ、件の船宿を確かめた。怪しまれぬように、船宿には森住の他に武士は二人しかいなかった。

日頃は周辺にばらばらに配し、行動を起こす時は、船宿に集まり船で対岸に漕ぎ出し、永井勘解由の外出の列に斬り込むつもりであろう。

来栖は慎重に周囲を固め、配下には皆町の者に変装させた上で、雲行きを読みその夜の雨を待った。

雨合羽の下に刀を隠すためである。

周到に巡らせた策は図に当たり、用心棒では随一の腕と恐れられた森住亮之介も、火付盗賊改方の精鋭による連携には抗えず、遂に捕えられた。他の二人も同様であった。

来栖は三人を、ひとまず近くの貞岸寺裏手に建つ寮に移送した。ここには蔵もあり、身柄を確保し易い。寮の主は来栖家の縁続きで、今戸、吉原界隈で探索をする時などは、ここを中継場に使っていたのだ。

翌朝。例の如く、来栖は微行姿で永井邸を訪れたのだが、森住ごときを捕えたにしては、緊張に表情が強張っていた。

勘解由は、森住が捕えられたと聞いて、まず相好を崩したのだが、来栖の様子に、

「森住は、誰かとんでもない者と一緒であった……。そうでござるな」

何かを悟ったように問うた。

「いかにも……」

「そ奴が、こ度の一件を主導いたしたのでござるな」

「そう思われまするが、まずその者を寮へ出向いて、そっと引見なされてはいかがかと……」

「身共、自らが出向くと申されるか」

「森住が共に居た相手は、芦辺由利之助（あしべゆりのすけ）と名乗ってござる」

「芦辺由利之助……？　確とそのように……」

その名を聞いて、勘解由の顔色が変わった。

「某には見分けがつきませぬ。それゆえ、まずお出ましを願えぬかと」

「確と承った。身共自ら出向き面体を検め、まず話をしとうござる」

「それならば、某が御案内仕る。さらに道中配下の者をそっと御警護にお付けいたしましょう」

「ありがたい……」

「お迎えはいつ……」

「ちと、心の内を整えとうござる。暮れ六つ（午後六時頃）までお待ち願いたい」

「畏まってござる」

来栖兵庫は、一旦、永井邸を辞した。

「芦辺由利之助か……」

勘解由はやり切れぬ表情を浮かべ、まず奥向きへと入って、萩江と面談した。

投げ文の一件以来、屈託に体調を崩し、引き籠もっていた萩江であった。いっそ喉を突いて死のうかと思ったが、それを見越した房之助によって、侍女達は萩江から目を離さずにいた。さらに、恋い慕う秋月栄三郎からは先日武芸の成果を評され、

「この技を大事に、くれぐれもお命を大切になされませい」

と、念を押されていた。もう二度と会えぬのではないかという予感さえ覚えたが、生きてさえいれば、会えずとも身近にいられるかもしれぬ——。

その一念が彼女を生かしていた。

勘解由は憂いを帯びた養女の容を見つめ、美しいと思った。そして、声に慈愛を込めて、

「こ度のことでは気を煩わせてしもうたの。だが、くれぐれも悲しむでない。あの投げ文の真意は、身共を恨む者がいたせしこと。元凶はこの勘解由にあるのじゃ」

労るように言った。

「いつかこのような時がくるやもしれぬと覚悟はしていたが、房之助とそなたを巻きこむとは夢にだに思わなんだ」

「もったいのうございます……」

萩江は身を縮めた。房之助を世に出すためならばどんな苦労にも堪えてみせると心に誓った。

しかし、その願いが叶うには、萩江が身を売って拵えた金を活かす努力を房之助がせねばならぬ。また、努力をしたとてその才を認め、花を咲かせてやろうという人が現れなければならぬ。

房之助は努力を重ね見事に学才を大きな蕾と成し、永井勘解由はそれを咲かせてくれた。それを間近で見られたことは何よりの幸せであった。

その上に、勘解由ほどの武士にこれほどの気遣いを受けるとは――。

「幸せを嚙みしめて、笑顔でいればよいものを、ついあれこれと気に病み、お見苦しい姿をお目にかけてしまいました……」

萩江はやっとのことで、詫びる想いを言葉にした。

「幸せを嚙みしめる、か。そなたの幸せは、弟の成長、永井の家の安泰……。みな、己がものではないようじゃ」

「いえ、わたくしは……」

「それで満足と申すか。いかにもそなたらしいが、身共はそなたの本当の幸せとは何か、見過ごしてきたような気がいたす。許せ」

「とんでもないことでございます……！」

「ほどのう身共は、己が戦にけりをつけ、房之助に未来を託す。そうしてそなたの真の幸せを見つけてみせよう。しばしの間、待っていてくれ……」

勘解由は、言葉の意味が解せず戸惑う萩江に、にこやかに頷くと奥を出た。

中奥の広間に秋月栄三郎が、椎名貴三郎と共に来ているというのだ。

「よいところに来てくれたな」

勘解由は、恐ろしいばかりの威風を体から発散させていた。

「森住亮之介が捕えられたとのことじゃ。森住は芦辺由利之助なる者の配下であったと、来栖兵庫は言う。この芦辺由利之助は、八年前、稲見屋の闕所の折、稲見屋から莫大(ばくだい)な賂(まいない)を受け取っていたことが露見し、腹を切って果てた勘定奉行・芦辺主税(ちから)の息子だ」

勘解由は、低い声で言った。

広間には栄三郎、貴三郎の他には、深尾又五郎と主だった老臣がいたが、皆一様に息を吞んだ。

「わざわざ、出向くこともござりませぬ」

やがて又五郎が、強い口調で言った。

他の家来達も同意した。

「だが行かねば、火付盗賊改は由利之助を牢へ入れ、取り調べるであろう。身共は、由利之助に会って八年前の片を付けておきたい」

勘解由は強い意志を表した。

かつての勘定奉行・芦辺主税は、勘解由にとって盟友であった。共に勘定奉行となり、公事方と勘定方に別れ交代をしつつ、切磋琢磨したものだ。

ところが、いつしか主税は賂の蜜に溺れ、政商・稲見屋にがんじがらめにされていく。

勘解由は何度となく諫言をしたが改まらず、勘解由はついに老中に諮り稲見屋を闕所に追い込み、主税は申し開きが出来ぬ事態に追い込まれ切腹した。

「倅の由利之助の身だけは立つように……」

勘解由に懇願した上でのことだが、勘解由の取りなしも空しく、芦辺家は断絶、放逐となった由利之助は姿を消した。

正義のためとはいえ、盟友とその子を救えなかった空しさは勘解由に残った。致仕したとてそれは勘解由の心を苦しめた。

由利之助が、勘解由への復讐を誓ったのも頷ける。

「身共はまずそれへ出向き、決着をつけたいと思う」

家来達は皆、黙って平伏した。栄三郎もこれに倣ったが、

「何卒、わたくしにお供をさせてくださりませ。いや、もう一人、お供にお加えくださりませ。わたくしもまたけりをつけとうござりまする」

と、拝むように願った。かつての友・新見一之助の仇といえる森住亮之介は火付盗賊改方に捕えられ、何も出来なかった無念が栄三郎にはやり切れなかった。

勘解由にその想いは通じたようだ。

「左様か、ならば先生、頼んだぞ」

「ははッ！」

「人の恨みというは厄介なものよのう」

勘解由は意味ありげに言った。

「はい。こ度のこと、わたくしにはまだわからぬことだらけでござりまするが。恐れながら申し上げますると、恨みがもたらす力は凄まじゅうござりまする。さりながら、恨みは人に思わぬ隙を造り、綻びを生じさせるものと心得まする」

栄三郎もまた、不敵な笑みを浮かべた。

「いかにも」

勘解由は満足そうに頷くと、

「敵は我らを侮り、思わぬ暴挙に出たようじゃ。これより軍議と参る」

眉を寄せ、刺すような鋭い目で一同を見渡したのである。

六

来栖兵庫の迎えは暮れ六つに訪れた。

屋敷に来栖は現れず、何度か供に連れてきた配下の水井紋三郎以下二人を寄こし、自らは対岸で待つという。

今日は一様に火付盗賊改らしき装いであるから、屋敷に顔を出すのは控えたのだ。火付盗賊改の服装は、与力、同心共に町奉行所のそれと同じだが、髷は八丁堀でよく見る粋な小銀杏ではない。

武張った両名の迎えによって緊張が高まる。

勘解由は頭巾を被った微行姿。物々しくならぬよう供は三名のみを連れた。だがその三名はというと、永井家中一の遣い手・西田由蔵に加えて、永井家で武芸指南を務める、秋月栄三郎と松田新兵衛である。いざとなれば強力な護衛となるであろう。

石原町の岸から二艘(そう)の船に乗る。水井達迎えの二人が共に乗り、勘解由達四人が乗った船を先導した。

対岸の竹屋の渡しに着くと、来栖が配下一人と迎えに来ていた。

袴(はかま)ははいているが出役の物々しい姿は目立つゆえに控えたと頬笑んだ。

水井紋三郎は配下一人と共に、その場から去り、来栖に案内される永井勘解由の一行とは間を取った。他にも二組ばかりが見守っているのがわかる。

件の寮はすぐ近くだが、森住の手下がまだ周囲に散らばっていて、狙ってくるかもしれなかった。

しかし、永井家家中に扮した松田新兵衛の物腰は、惚(ほ)れ惚(ぼ)れするほど堂々たるものであった。

この度の永井家の変事を知り、発端(ほったん)が自分の森岡清三郎殺しにあると気に病む栄三郎に、

「いざという時は、このおれも必ず共に戦う」

出し抜くなと強く言い放った新兵衛との約束を栄三郎は守った。供を願い出る際、松田新兵衛の名も口にしたのだ。

「真に頼りになる指南役じゃ」

勘解由はしみじみとこれを喜んだものだが、新兵衛がいるだけで、得も言われぬ安堵が漂うのである。

寮にはすぐに着いた。

寺の裏手の百姓地に建つ、なかなかに大きな家屋で、四方は高い黒板塀で囲まれている。

「まずは中へ……」

来栖は、板葺屋根の木戸門を潜り、勘解由一行を寮へ誘うと庭を進んだ。

勘解由、栄三郎、新兵衛、由蔵が従う。

やがて土蔵が見え、その前に置かれた床几の上に三十絡みの武士が腰をかけている姿が、篝火の明かりに浮かんでいた。

「由利之助殿か……」

勘解由は穏やかに問うた。

「いかにも」

由利之助は不敵な笑みを返した。

両脇に屈強な武士が見張っているが、縄めは受けていなかった。

来栖の武士の情であろうか。蔵の扉の前には、森住亮之介らしき浪人が、もう一人と共にこちらは縄を打たれ、地面に座らされている。

「やはり、この永井勘解由を恨んでいたか。浪人になったとて、精進(しょうじん)を積めばいつか芦辺の家の再興が叶うようにと、考えていたものを……」

「そんな取り繕(つくろ)いの言葉を信じられるものか。父は切腹、家は断絶、芦辺の家を追い落とし、稲見屋の身代を召し上げ、さぞ心地(ここち)がよかろう。ふふふ……」

「心地がよいだと？　この八年の間、胸の内が晴れることはなかった」

「だが、正義のためとならば止むをえなかった、悔やんではおらぬと申されるか」

「そなたの恨みがどれほどのものか身共にはわからぬように、我が胸の痛みはそなたにわかるまい」

「黙れ！　この世の正義など、勝った者が決めるまやかしだ！」

いきり立つ由利之助を、勘解由は悲しそうに見て、

「この歳月、稲見屋金右衛門に余ほど恨みを刷り込まれたと見える」

低い声で言った。

「何と……」

驚いたのは由利之助だけではなかった。来栖兵庫の顔にも当惑が浮かんでいる。

栄三郎、新兵衛、由蔵は四肢に力を込めた。

「船の難にて命を落した……。そんな小細工にお上は騙されぬ。上方には、金右衛門が陰の主となっている店が何軒もある。死んだ振りをして、これらの店を動かし財を成し、金の力で江戸に戻り、闇の商人になる。八年前の復讐を心に誓いながら……。だが、その探索は、身共が御役を退いた後も、密かに続けられているのだ」

由利之助は、金右衛門に浪人の身を助けられ、永井勘解由、老中・戸田采女正への復讐の実行犯として育てられた。先年、采女正が病没したことで、標的は勘解由に絞られた。

――悠長なことはしていられない。

かつて稲見屋の用心棒をしていた森住亮之介が、永井家の養嗣子の姉が品川から根津に売りとばされた遊女ではなかったかと探り出し、まず動揺を与えてやろうとした。

「恨みを刷り込まれたのは、そなただけではなかった。そなたの一つ歳上の兄もまた同様じゃ。まことに哀れなものよ」

「だ、黙れ！」

勘解由の言葉に由利之助は激しく動揺した。

来栖は、形相険しく目を見開いている。

「芦辺主税は吉原の女芸者と馴染み、女は子を宿した。だが、その子に家を継がせるわけにもいかぬ。それで、稲見屋の金の力を借りて、芸者に生ませた子を、とある旗本の世継として送り込んだ。子を生せぬ身でありながら妻女は懐妊したと世間を欺いた。それはさぞ辛かったことであろう」

勘解由は語りつつ板塀を背にして、その脇を、栄三郎、新兵衛、由蔵が固めた。

「辛かったのは己が運命に踊らされ親に疎まれて育った子も同じ……。だが、見事に才を開花させ、火付盗賊改にまでなったと申すに、かく過ちを犯すとは真に惜しいものよのう、来栖兵庫！」

途端、縛られていたはずの森住が、もう一人の浪人と共に、さっと縄を解き、植込みに忍ばせていた刀を手に取った。

由利之助も床几を離れ来栖と並び立った。

「端からそれとわかっていたのか……」

来栖は性根が据わっている。取り乱さず静かに問うた。

「いや、初めはわからなんだ。芦辺が他所に子を拵えていたことは、八年前の一件を調べるうちわかったが、その消息は謎のままであった。だがおぬしと語るうちにわかってきた。何と申して、おぬしの顔は芦辺主税に真よう似ておる。時を忘れて語り合うたかつての友の容を忘れるものか……」

「それほどの友を切腹に追いやったのも、正義のためには止む無しと申すか」

「左様、おぬしにも正義に生きてもらいたかった。稲見屋の口癖は〝用無し〟であった。おぬしもよう口走る。稲見屋の恨みを晴らすために利用され、己が用無しになると気付かなんだか」

「某が用無しになるかどうか、この場で決着をつけようではないか。父の仇、覚悟しろ」

　来栖は刀を抜いた。

　そもそも投げ文の浪人など斬り捨ててはいなかった。

　来栖が本当にしたのは笠井卓左衛門邸に乗り込んだことだけで、捕えた浪人も示し合わせてのことだったのだ。

　永井邸に迎えに行かなかったのは、偽(にせ)の迎えに惑わされて勘解由は外出したと、後日言い逃れるためであった。水井紋三郎なる与力は元より来栖の手の者ではない。由利之助配下の浪人者で、火付盗賊改方が変装して探索に当たる特性を活かして欺いたのだ。

この水井も抜刀して、その刀の先を勘解由に向けていた。

勘解由は来栖の出自に気付いてから、何もかも相手の策を読んでいた。

「ふッ、まんまと誘い込んだと思うたか」

勘解由は言うや否や、土蔵へと駆けた。

新兵衛が先導して蔵の扉の前に立ち塞がる一人を真っ二つにするや、蔵の中に飛び込み、中に控えていた二人を続く栄三郎と共に、斬り倒した。

由蔵は勘解由を守り、蔵へ入ると、振り向き様に一人を斬った。

ここまで、あっという間の出来事である。

半弓の攻めを土蔵によって避けたのである。

土蔵の中はがらんとしていた。

「おのれ！」

水井が配下二人と斬り込んできたが、新兵衛、栄三郎、由蔵の敵ではない。

たちまち斬り伏せられ、その場に倒れた。

この時、寮の外から黒板塀をよじ登り、庭木伝いに大屋根の上に猿のように上がった黒い影に、誰も気付かなかった。

影の正体は又平である。

又平は大屋根に登ると、松明に火を点した。

それを合図に、椎名貴三郎率いる永井家の家士達が、寺の裏手の木立の中から寮へと殺到した。その中には駒吉がいて、木戸門の向こうに飛び入るや、門の閂をたちまち外した。

貴三郎達は中へと雪崩れ込んだ。

何と一群の中には、新兵衛から永井家の大事を報された岸裏伝兵衛と数人の門人の姿もあった。

愛弟子の秋月栄三郎、松田新兵衛が気になり、助っ人に出てきたのである。

永井勘解由邸での出稽古を務めていたのは伝兵衛が初めで、勘解由の危機となればじっとはしていられぬ。そして老境に入ったとてその剣はまるで衰えることをしらぬ。

寮内では、土蔵に逃げ込んだ勘解由達を、来栖と由利之助一党が攻めあぐねているところであった。

そこへ乱入した新手の登場に一党は浮き足立った。

貴三郎は勇敢にも、庭で半弓を構えていた二人に斬りつけ、弦を切った。

「ええいッ!」

この援軍に呼応して、栄三郎は新兵衛と共に蔵から出て、森住亮之介に斬りつけた。

「栄三郎、気をつけろ！」

新兵衛は乱戦の中、森住の腕を認めていた。

「小癪(こしゃく)な！」

森住も死に物狂いである。栄三郎の剣を渾身(こんしん)の力をもって撥ねあげた。その太刀の重さに、栄三郎は顔をしかめたが、こ奴は新見一之助の仇であり、萩江を苦しめた、あの森岡清三郎の一味である。斬られようが、己の剣にかけて引けなかった。

「参る！」

横から新兵衛が加勢した。さすがの森住も新兵衛の剛剣を払うと手が痺(しび)れた。

「手出し無用！」

栄三郎は、森住が下がるところへ、やにわに刀を振り下ろし、森住が受け止めた刹那、返す刀で胴を薙(な)いだ。

どうっと倒れる森住を見て、

「見事だ」

新兵衛が笑った。

「強うなったの……」

いつの間にか伝兵衛が寄ってきて、つくづくと言った。師の右手は、悶絶した芦辺由利之助の襟首をむんずと摑んでいた。

「最早、これまで……」

ことごとく倒されていく手下を尻目に、来栖兵庫は、血刀を腹に突き立てんとしたが、

「慮外者めが！」

勘解由の一喝を受け、すぐに由蔵に刀を打ち落されて放心した。

「今、おぬしが死ねば、稲見屋金右衛門が喜ぶだけじゃ。目を覚ますがよい！」

篝火が妖しい光と影を醸す寮の庭に、勘解由の凛とした声が響き渡った。

辺りにはしばし沈黙が漂ったが、

「旦那、やりましたね！」

やがて大屋根の上から栄三郎に明るい声が降り注いだ。

見上げると、又平と駒吉が得意げに笑っているのが、松明の灯に浮かんでいた。

七

投げ文に始まる騒動はすべて終った。

芦辺由利之助は、南町奉行・根岸肥前守の手によって取り調べられることになり、来栖兵庫は評定所へ送られた。

稲見屋金右衛門の暗躍も、肥前守は以前から探っていた。二人が捕えられたことで、その消息は尚明らかになろう。遅かれ早かれ見つけ出されて厳しい仕置を受けるに違いない。

永井勘解由は、由利之助、来栖兄弟を詮議の場へやったが、そのことによって、養嗣子・房之助とその姉・萩江の事情が広く知られるところとなった。

それでも、勘解由はまったく意に介さず、泰然自若としていた。

今度の一件で、公儀の重役達は永井勘解由の凄みを改めて思い知った。そして八年前に不正を一掃しつつ、自ら致仕したことへの同情が再燃して、房之助の事情には皆一様に口を閉ざした。将軍家からの覚え、未だめでたい勘解由は、そんなことではびくともしないのだ。

勘解由は、秋月栄三郎、松田新兵衛、岸裏伝兵衛とその門人に加えて、又平、駒吉に至るまで屋敷へ招き、椎名貴三郎、西田由蔵達共々労った。その宴は盛大で、勘解由はしたたか酔い、八年前から引きずっていた屈託を忘れんとした。

その際、

「秋月先生の言う通りじゃ。恨みは人に思わぬ隙を造り、綻びを生じさせる……。戒めとせねばならぬのう」

と言って家中の者を諭し、来栖兵庫に思いを馳せた。

「いっそ男芸者などになって、毎夜のごとく歌舞音曲に浮かれて暮らすのも悪うはござらぬ」

などと言っていたのは満更戯れ言ではなかったのかもしれぬ。実父・芦辺主税と稲見屋金右衛門は、来栖兵庫に、早々とその出生の真実を伝え、いつか実父のために役立つような立派な武士になるようにと、密かに会っては激励していたのではなかったか。栄三郎が柊木政之介から聞いた来栖は、時折、根岸に庵を結ぶ茶の宗匠の許を訪ねたりしているようだと言ったが、その宗匠の正体が、金右衛門であり、芦辺主税であったのだろう。

彼を産んでほどなく亡くなったという生みの親は晩年愛宕下で料理屋の女将になっ

ていたそうな。時折は愛宕下の料理屋などに繰り出して派手に遊んでいることがあるというのも、それを偲んでの供養であったのに違いない。

武士の子でなければ、仇討ちにがんじがらめにされず、実母と盛り場で楽しく暮らせたのに――。その想いが、勘解由と話していると思わず言葉に出たのだ。それが何とも哀しかった。

栄三郎は、その宴があった数日後、再び永井邸に呼ばれた。

中奥の書院には、勘解由、深尾用人、房之助、さらに奥方の松乃、娘・雪、そして椎名貴三郎が列席していた。貴三郎は松乃の甥であるから、家重代の老臣と、身内ばかりで打ち揃った恰好であった。

そのようなところに一人呼び出しを受けて、栄三郎は、まるで落ち着かなかった。

それは萩江も同じで、何やら不安げに、それでいて思わぬところで栄三郎に会えた喜びに恥じらっているように見えた。

「先生、度々すまぬな。今日は、奥向きに関わることで、ちとそなたにも立会うてもらいたかったのじゃ」

勘解由はにこやかに言った。

その表情を窺い見るに、悪い報せではないようだ。

「わたくしごときが御家のことで立会うなどとは、真におこがましゅうございまするが、何なりとお申し付けくださりませ」

栄三郎は、少し安堵の色を浮かべて平伏した。

「左様か、実は萩江のことなのだが……」

「萩江殿の……」

栄三郎は怪訝(けげん)な表情で、ちらりと萩江を見た。萩江も名を出されて緊張を浮かべている。

「先だっての投げ文については、萩江に絡んだ森岡某(なにがし)という浪人者に端(たん)を発しておる。無論、敵の狙いは身共であったわけだが、随分と嫌な想いもした。萩江をこのままにしておくわけにも参らぬ」

栄三郎の顔が青ざめた。萩江は平伏して、

「どうぞ、何なりとお裁きをくださりませ……」

消え入るように言上した。勘解由は大きく頷いて、

「ならば申し渡す。この場にいる皆に諮り、萩江を当家から離縁することにいたした」

「お殿様、お待ちくださりませ……」

栄三郎は、慌てて萩江を取りなそうとしたが、どうもおかしい。深尾用人も房之助も、誰も何も言わず、口許に笑みを浮かべている。これには萩江も戸惑うばかりであった。勘解由は淡々として、

「離縁いたせし上は、当家とは関わりがない。かつての久栄に戻り、町へ出て、剣客とでも、手習い師匠とでも、夫婦になればよいのだ」

と、続けてニヤリと笑った。

「そ、それは……」

萩江は、驚きと恥じらいであたふたとした。

「お殿様……」

栄三郎も言葉が出ない。

「だが、無慈悲にも萩江を町に放り出すのも哀れじゃ。先生、萩江の落ち着く先を見つけてやってもらえぬかな……」

勘解由は目を潤ませていた。

迷っている場合ではない――。

栄三郎は、真っ赤な顔でうろたえている萩江にしっかりと頷いて、

「秋月栄三郎、命に換えましても、萩江殿、いや久栄殿の行く末をお守りいたします
る」

と、力強い声で言った。

「忝(かたじけな)し。もっと早(はよ)うこうすべきであった。許してくれ……」

しかし、声を震わせた勘解由の言葉を聞くと、その途端、涙が出るのを堪(こら)えられなかった。

一同は、皆一様に勘解由から聞かされ、萩江の女の幸せを秋月栄三郎に託すことを喜んでいた。

しかし、いざこの場に同座して、心の内に押し込んできた女の情念を涙に変え嬉し泣きに身を揉(も)む萩江の姿に触れると、誰もがもらい泣きせずにはいられなかった。

しばし、皆一様に袖(そで)を濡(ぬ)らしたのである。

「これ、萩江、いや、久栄であったな、先生に何か言うことがあろう」

勘解由に促され、久栄は決然として栄三郎に向き直り、

「何卒、よろしゅうお願い申し上げます……」

深々と座礼をした。

「お任せあれ、お任せあれ。今よりも尚、幸せになってもらいまするぞ……」

栄三郎はもう涙を見せずにしっかりと久栄を見つめた。

品川の妓楼(ぎろう)での一夜の出会い以来、いつも栄三郎の心を悩ませた〝夢の女〟が、現(うつつ)のものとなって今眼前にいる。

勘解由の人としての凄みに圧倒されつつ、

――もう夢に見ることもなくなるだろうか。

栄三郎は、そんなことを考えながら、美しい久栄の瓜実顔をただひたすらに見つめていた。

夢の女

一〇〇字書評

切り取り線

購買動機（新聞、雑誌名を記入するか、あるいは○をつけてください）

□（　　　　　　　　　　）の広告を見て	
□（　　　　　　　　　　）の書評を見て	
□ 知人のすすめで	□ タイトルに惹かれて
□ カバーが良かったから	□ 内容が面白そうだから
□ 好きな作家だから	□ 好きな分野の本だから

・最近、最も感銘を受けた作品名をお書き下さい

・あなたのお好きな作家名をお書き下さい

・その他、ご要望がありましたらお書き下さい

住所	〒				
氏名		職業		年齢	
Eメール	※携帯には配信できません	新刊情報等のメール配信を 希望する・しない			

この本の感想を、編集部までお寄せいただけたらありがたく存じます。今後の企画の参考にさせていただきます。Eメールでも結構です。

いただいた「一〇〇字書評」は、新聞・雑誌等に紹介させていただくことがあります。その場合はお礼として特製図書カードを差し上げます。

前ページの原稿用紙に書評をお書きの上、切り取り、左記までお送り下さい。宛先の住所は不要です。

なお、ご記入いただいたお名前、ご住所等は、書評紹介の事前了解、謝礼のお届けのためだけに利用し、そのほかの目的のために利用することはありません。

〒一〇一-八七〇一
祥伝社文庫編集長　坂口芳和
電話　〇三（三二六五）二〇八〇

祥伝社ホームページの「ブックレビュー」からも、書き込めます。

http://www.shodensha.co.jp/bookreview/

祥伝社文庫

夢(ゆめ)の女(おんな)　取次屋栄三(とりつぎやえいざ)

平成28年12月20日　初版第1刷発行

著　者　岡本(おかもと)さとる

発行者　辻　浩明

発行所　祥伝社(しょうでんしゃ)

東京都千代田区神田神保町3-3
〒101-8701
電話　03（3265）2081（販売部）
電話　03（3265）2080（編集部）
電話　03（3265）3622（業務部）
http://www.shodensha.co.jp/

印刷所　錦明印刷
製本所　ナショナル製本
カバーフォーマットデザイン　中原達治

Printed in Japan ©2016, Satoru Okamoto ISBN978-4-396-34273-9 C0193

〈祥伝社文庫　今月の新刊〉